愿你的生活
既有善良 又有锋芒

南陈 / 著

文汇出版社

图书在版编目 (CIP) 数据

愿你的生活既有善良又有锋芒 / 南陈著. — 上海：文汇出版社, 2017.6
ISBN 978-7-5496-2082-1

Ⅰ. ①愿… Ⅱ. ①南… Ⅲ. ①散文集-中国-当代 Ⅳ. ① I267

中国版本图书馆 CIP 数据核字 (2017) 第 098092 号

愿你的生活既有善良又有锋芒

著　　者 / 南　陈
责任编辑 / 戴　铮
装帧设计 / 天之赋设计室

出版发行 / 文汇出版社
上海市威海路 755 号
（邮政编码：200041）

经　　销 / 全国新华书店
印　　制 / 北京季蜂印刷有限公司
版　　次 / 2017 年 7 月第 1 版
印　　次 / 2018 年 3 月第 3 次印刷
开　　本 / 710×1000　1/16
字　　数 / 149 千字
印　　张 / 15

书　　号 / ISBN 978-7-5496-2082-1
定　　价 / 35.00 元

真的猛士，敢于一个人读完这本书

我一直不相信现代人已经脆弱到，每天一睁眼必须要干碗"鸡汤"才有勇气掀开被角，洗漱穿衣，奔赴战场。直到去年开了公众号后我才发现，情况确实超乎我的想象。

原本我从事的是影视行业，开公众号的目的，单纯为下班后的一点儿娱乐，得空写几篇影评，发个剧本征集消息，没事逗逗自己，有事行个方便。

可是攒着一把力气，拿出所有的智商，熬着一把老骨头勤勤恳恳更新了一个多月，粉丝除了最开始"给面"支持我的几个同事，数量不见增长。因为都是一些僵尸粉，所以，后台也没有多少浏览量。

我不觉有些灰心，更多的是不服气——我写得并不差啊，怎么说也是在这行带过几个二线三线明星，服务过几台三流电视节目的人，怎么可能一个月都揽不到一个新关注！

后来，我跟朋友抱怨，从他那里意外得到增加关注的大秘籍——"煲鸡汤"。本来我这样一个有个性的作者，坚决不会向残酷的现实妥协，可是继续碰壁了两天后我发现，脑门明显已有淤青,结果却依然十分稳定。于是,我很潇洒地缴了械,举了旗,还恬不知耻地安慰自己说:这叫识时务者为俊杰。

果然,第一篇"鸡汤"就成功地为我拉来5个新用户,还有一个读者在下面留言,大谈生活感受。于是乎,尝到甜头的我一发不可收拾,逐渐走上了这条把自己变成"鸡汤王"的幸福之路。

可是今天,我才发现,所有喜好读"鸡汤"的人,只是因为你没勇气接受失败的自己,没勇气向残酷的现实宣战——你羡慕那些先于你成功的人,可你又不想付出同等的努力。

"鸡汤"是一种鼓励的错觉,当你的眼里只有鸡汤时,你好像看到所有的人(认识的、不认识的)都在为你的征途加油、呐喊、鼓劲,似乎一到终点,就会为你送上美丽的鲜花。

而你没意识到的是,这种虚构的温暖,正一步步吞噬你的活力,让你变得麻木。一个很简单的道理,鸡汤补多了,人会拉肚子。

当然,我确实看到过很多靠"鸡汤"发家致富的人。可是真正的奋斗界大腕,从来不煲"鸡汤",他自己就是最伟大的"励志王"。

很多人之所以写"鸡汤",是因为他们还不够成功,更因为他们想要红已经很久了——你见过哪个饭店的真正名厨会亲自动手炒菜的,全在忙着指挥身旁的一群跟班。

这本书,是为反"鸡汤"而写,所以会写到很多残酷的现实——一些来自作者的所见所闻,一些来自作者本身。毕竟大家都生活在同一个世界，享受同一种折磨，为各种迟迟未能实现的梦想而悲痛欲绝。

二十岁以前，作者觉得人生就像一块彩虹糖，不管是红色、黄色还是紫色，都拥有一样的美好。

三十岁以后，作者觉得自己就是一块独自生活在海滩上的蚌，要用余生不停去跟痛苦作战，磨砺沙子、磨砺刀子，才可有机会修炼成一个称职的妖精（蚌精）。

人生的成长，从踏出校门的那一刻才真正开始。

你会为了一份工作拼死拼活，却得不到应有的升职、加薪；你会遇到困难向所有人求救，却发现没有一个人愿意伸出援手；你会有一肚子的话想说，却最后还是选择烂在肚子里；你会发现所有的社会关系到头来不过是彼此利用，互相消遣。

再好脾气的人也终会爆发，再好性格的人也终会异化。一段又一段故事刷新你的认知底线，一次又一次打击考验你身体里的那点勇气。

爱情不再纯粹，友情说没就没。兜兜转转，最亲的人，最后竟只剩下你的一双父母。

说错话是会得罪人的，得罪人是会遭报复的；做错事是要道歉的，道歉也不一定就能被免责的。

偶尔，你也做过一夜暴富的美梦，醒来却还是只能老老实实去奋斗；偶尔，你也相信只要努力坚持就能换回更好的生活，却发现你的努力，只是为给更厉害的老板打工。

越来越在意别人的看法，越努力，越为前途而焦虑。就这样，你再也不能过无忧无虑的生活，早已忘记自己曾是一个天真无邪的少年。

开始学着在别人面前说奉承话，到了背后说风凉话。只是，这样越来越看不起自己。

开始害怕跟别人比较，却总忍不住在纸上列出优劣分析表。

开始用高科技疯狂地吐槽，而不是追赶不落的太阳，好好学习，天天向上。

害怕跟这个世界失去联系，所以每晚睡觉前都必须刷朋友圈，看到别人进步了，你会失落；看到别人失落了，你第一时间暗生欢喜。

你什么时候变成了这样的人？顽固、自私又刻薄，想要最辉煌的成就却不想付出最扎实的拼搏。

其实，你需要的，只是好好认清这残酷的生活，然后拿出点勇气继续跟它死磕。

看完这本书，就重新上路吧。

目 录
Contents

第一章　所有的社会关系都是利用关系

人生若只如初"贱" …… 002

所有的社会关系都是利用关系 …… 007

一个不爱你的人，痛苦的是两个人 …… 012

放心吧，他过得不好，你也不会开心的 …… 016

我们要做一个对别人有用的人 …… 021

失恋时不做这三件事：吃东西，流泪，看电影 …… 026

真爱一个人，是愿意一万次放弃自由的 …… 030

和负能量的人在一起，每天都会很开心 …… 034

先有当老板的觉悟，才能有当老板的机会 …… 039

第二章　被人需要的，才是有价值的

你看不顺眼的，正是你所不具备的 …… 045
谁说老实木讷的人不可爱 …… 050
卑鄙的人都很少发脾气 …… 054
就算你不接受，不公平也一样存在 …… 059
被人需要的，才是有价值的 …… 063
你不需要被所有人喜欢，你只需要被自己所喜欢 …… 067
醒醒吧，给你 100 万你也当不成富翁 …… 072
永远不和前任旧情复燃 …… 076
所有的回忆都在歪曲事实 …… 080

第三章　生活的真相就是要你又笑又哭

爱一个男人，就为他生个孩子 …… 086
生活的真相就是要你又笑又哭 …… 090
你开始一场谈话的方式，决定了谈话的结局 …… 095
难以自持的人往往容易假戏真做 …… 099
摆脱了拖延症，你也做不成什么大事 …… 103
一个优秀的人从不需要刻意的证明 …… 107
被人记住，总是好的 …… 111

第四章　北京凌晨五点半

北京凌晨五点半 …… 117

很多生理问题，首先仅是心理问题 …… 121

人生不过是可怜之人与可恨之人的来回切换 …… 125

钱多不一定会拥有快乐，但是钱少一定不会很快乐 …… 130

万事如意的前提是，得有钱 …… 134

越长大，越迟钝；越多情，越该死 …… 138

耍个性你还不够格 …… 142

比你漂亮还比你努力，比你丑还比你幸福 …… 146

你只是讨厌看见不够理智的自己 …… 151

贵族就是至死都要维持体面与尊严 …… 155

第五章　没有天赋，你的努力一无是处

不刷朋友圈的人，可能真的生活很贫瘠 …… 161

年年花不同，岁岁人相似 …… 165

有些人不会因为虚度年华而悔恨，因为他们心态好 …… 169

你时常会觉得自己一无是处？恭喜你，答对了 …… 173

如何修炼"车到山前没有路"的生活 …… 178

承认吧，大多数时候运气好才是成功的主要原因 …… 182

没有天赋，你的努力一无是处 …… 186

第六章　独立的背后都是眼泪，坚强的里面都是伤疤

长得丑还没钱的男人，可能更花心 …… 193

鸡汤有毒，适量饮用 …… 197

因为自恋，所以光棍 …… 201

吵架并非最好的情话，掏钱包才是 …… 205

别去恨前任，只怪自己太痴情 …… 210

独立的背后都是眼泪，坚强的里面都是伤疤 …… 214

人这一生都在做一个游戏：找自己的主场 …… 218

惊鸿一瞥终化作瞎了狗眼 …… 222

第一章

所有的社会关系都是利用关系

> 人生若只如初"贱"
> 所有的社会关系都是利用关系
> 一个不爱你的人,痛苦的是两个人
> 放心吧,他过得不好,你也不会开心的
> 我们要做一个对别人有用的人
> 失恋时不做这三件事:吃东西,流泪,看电影
> 真爱一个人,是愿意一万次放弃自由的
> 和负能量的人在一起,每天都会很开心
> 先有当老板的觉悟,才能有当老板的机会

人生若只如初"贱"

我的高中同学 A——天知道，如今这个只在我的朋友圈里被称为"A"的人，曾在十几年前会是我很喜欢和崇拜的一位男同桌。一想起这事，就想自己抽自己。

为什么这样一个威武又很有魅力的人，如今只是随意地躺在那张我看不见的朋友名单里，原因说起来也很简单——其人太作。

一个人一旦作起来，就像吃饱了的耗子不肯钻出油瓶子，就像终于盼得恩宠的华妃，飞扬跋扈，真拿自己当皇后了；一个人一旦作起来，就会忘了自己的初心，"骄傲与自满齐飞，任性与气人一色"。这时候，对方是不会考虑你的感受的，因为他只顾着炫耀，只顾着散播。

事情是这样的：在那个情窦初开的时期，我与这位 A 同学曾因彼此互相欣赏而产生过一段朦胧的情愫。只是女生更为保守，毕竟年纪只有十五六岁，进入高中以后，两个人分道扬镳，渐渐没了来往。

高三那一年，因为两所学校的整改，市里那一届的学生全部被安排到了郊外一家破败的纸箱厂上课。我们学校在东边，他们学校在西边，吃饭的食堂在北边，时间久了难免会碰面。

那个时候，A同学不知从哪里打听到我有一位私交甚好的"男闺密"，不知是出于"吃醋"还是什么别的因素，从那时起，他有意跟我保持着距离，并且还在私下向我们共同的朋友恶意中伤我，捣毁我的名声。

一些难听的词汇就不在这里写了，要知道生活远比文学创作精彩得多。想想日常生活中那些杂七杂八的小事，比如公交车上两个人因为其中一人不小心踩了另一人的脚而导致双方"破口大骂"……可以说，18岁的我，因为A同学的缘故，已经受到了很多脏话的洗礼。

这还不算完，更要命的是：A同学文笔很好，开始在他的"一亩三分地"创作和散播关于我如何不要脸，如何不念故人以及如何狠心抛弃他的各种谣言。

经过半年的努力，凡是在他空间留下足迹的同学，都知道我是一个"贱人"，而他是多么可怜。

一年后，我终于考到远离这座城市的一所大学，终于彻底摆脱了A同学的魔咒。

可没想到，十几年后的今天，互联网上衍生出一个奇怪的词汇——"初老"。不知道是怀旧，还是每个人都真的感受到儿时学伴的美好，很快就有初中同学成立了班级微信群，并且拉我归队。

一开始我是拒绝的,因为我猜测 A 同学一定也会在。但我想,事情已经过去了这么多年,他早已结婚生子应该不会再提当年事。况且除了他,我还有那么多要好的初中同学,许久不联系甚是想念,这是一次很好地交流情感的机会。

然而,我万万没想到的一件事发生了,就在我加入微信群的第二天。

似乎看到我进群了,A 同学再次发扬他"大喇叭""大嗓门"功力,开始在群里公开上传他老婆和儿子的照片,并且每次都要自带一句:"谢当年初恋不嫁之恩,才让我有了今天这么漂亮的媳妇和乖巧可爱的儿子。"

一开始,我只是默默地看着,拒绝任何表态。心想,既然你还记得当初,那就姑且让你发发牢骚。

殊料,接下来的几天,A 同学的炫耀功力越来越强大,甚至开始点名道姓地要我出丑。

因为我从大学毕业就到了一线城市打拼,至今没有结婚,A 同学抓住这个所谓的把柄,大肆抨击:"还是在家好啊,看那些当年自恃有才华的女生,别人都老婆孩子热炕头了她还是孤身一人,日子过得有什么意思呢?"

愤然之下,我果断地退了群。

这些年虽跟那批同学没多少联系,可我知道,他们大部分都选择留在了小镇,工作两年便结婚生子,跟家里要点钱再加上自己的积蓄,买了房子和车,生活可算富足——小镇上基本没什么生活压力,一份 3000 块的工资就可以自给自足。

只是这样的状态，倒是不值得去抨击，不过什么时候却成了一种值得炫耀的资本？

我承认，一个人没亲没故在大城市里孤军奋战很难获得成功，大部分人就算拼上性命也未必能够挣回百万家产，可这，就应该由"剩女"买单吗？

我想不到，如今这么决绝抨击我的，正是十几年前特别喜欢我的A同学。

记得我们分开以后，他最喜欢念的两句词就是纳兰性德的："人生若只如初见，何事秋风悲画扇。"

人心是易变的，所以当初卿卿我我，你侬我侬，非你不娶、非我不嫁的恋人会分手，所以当初两肋插刀，肝胆相照，一生爱你、护你的朋友会背叛。

我可以接受这种改变，是经过时间的推移，你我都不再对对方有那样的偏执与热爱——可是就算没了热爱，能不能别去故意中伤，难道你中伤别人一次，心里就会痛快几分？

我也想到了那份我曾付出一切去执着的爱情。

几年前，我曾疯狂地迷恋上了一位男生。

他和我一样热爱文学，心思细腻，最难得是，他爱看书却不近视。外表风流倜傥，内心狂野不羁，这么多巧妙的组合，他却能同时完美地拥有。

他不舍得和朋友聚会，于是我攒了稿费打到他的卡里；每个月固定买电话卡给他充值；周末拉着他逛商场，为了他穿哪种款式、颜色的衣服更帅气可以跑上一整个下午；在心里默默地存上他的生日日期，然后提前一天订购了包装精美的巧克力快递过去。

我曾爱得这么卑微，却终于被对方两年以来始终冷淡地"不拒绝、不负责、不主动"的三不原则彻底将热心打碎。

删掉了所有的联系方式，我们从此谢别江湖。

几年以后，我在街头很偶然地再次碰到了他，他笑着打听我的近况。事隔许久，我对他早已不恨，于是他约我晚上一起吃饭，我想也没想就很痛快地答应了。

在一家装饰很文艺的小店里，他的表情忽然变得很严肃，聊起曾经，然后希望我能接受他的道歉。

在最后分别的时候，他主动提出送我到地铁口，对我说了一句："其实，如果当初你再坚持对我好一天，我都会要求自己好好照顾你这辈子。"

我勉强笑了一下，忍住眼泪没有追问原因。事已至此，当初的我变了，所以，现在的我们只能形同陌路。

是啊，回首以往，我对他的好简直可以用"犯贱"来形容，因为一直以来是独自面对一个冷冰冰毫无任何回应的人，就像面对一堵黑色的墙。

可是当这面墙终于也肯向我点头时，我却放下了这种"贱"，骄傲地做回了自己。

没有做过系统的调查，所以不清楚男女之间有多少人是因为——一方没有坚持付出到令对方足够回头的地步而分开的，但至少，A和我的感情，不如各自以为的那样坚定。

我知道，也有不少情侣会在彼此相处久了互相产生怨言，女孩子通常会抱怨："你对我没有一开始那么好了。"男生也会辩解："谁让你一直那么作。"

呵呵。

人生若只如初"贱"，也许这个世界能多成全几对恋人吧。只是不能贱到底的感情，也真的无须去埋怨。

所有的社会关系都是利用关系

前几天，在某个论坛上看到这样一个帖子：只有永远的利益，没有永远的朋友。楼主详细叙述了自己对好友如何如何好，付出了多少多少，却被好朋友利用、压榨的全过程。

帖子下面很快有人接上话，回应的那叫一个义愤填膺。于是，各个被朋友利用过的人纷纷冒了出来，争相认为自己是被坑得最惨的那个。

这时，有个经常混迹论坛"德高望重"的前辈冒出一句："如果你从未利用过自己的朋友，那只能证明你根本没有朋友。如果你从未被朋友利用过，也只能说明你是孤家寡人一个。"

若是以前的我看到这句话，一定会打了鸡血似的在键盘上劈里啪啦一顿反驳，然而，现在我却觉得这简直是世间最大的真理。

大学时有个王同学，我们曾是亲密无间的朋友，现如今也只落得个相忘于江湖的地步。究其原因，其人简直厚颜无耻到了极点，过河拆桥，尤其做作，典型的得了便宜还卖乖。

平时老让我跑腿，出门逛街不带钱让我付账，一有问题解决不了就找我，等等，这些小问题就不说了。

我们专业不同，却因为志趣相投加入了同一个社团，每次社团有什么活动，她就让我做。

我一个人做了一年多的小报，署名还得挂上她的，出完了她还唧唧歪歪，嫌这不好，那不好。

我就让她自己写，她说她写字不好，有作业要写，老师找她帮忙……总之，有各种借口搪塞我。

我们共同的朋友就说她这样不对，她就装可怜，说我们打压她，还到处说她是因为信任我、依赖我，才把事情交给我做的。

可是，我做了，有本事你别分功啊！

大二暑假，我们专业的人都留校准备考级，我就顺便找了一份兼职做。同学们为了来回方便，都从学姐学长手里买了二手的电动车，我也准备买一辆。

一位特别交好的学长特意把车留给我用，但因为他不收我的钱，我就一直在犹豫着要不要。

不知王同学从哪听来这个消息，高高在上地对我说，暑假她也不打算回家，还找了一份特别好的兼职，指挥官似的要我把车让给她。

我转念一想，我不好意思不给钱，学长也碍于情面不好意思拿钱，卖给她就不一样了，他们俩不认识就好谈钱了，便欣然同意，还给他们当起了中间人，给了她学长的联系方式。

很快王同学就拿到了车，学长也毕业离开，步入了社会。几天后，却突然接到学长的电话，问我车骑得怎么样。

我实在莫名其妙，细问之下才得知，王同学竟跟学长说这车是我要买的，但不好意思提钱，便让她出面，最后没要一分钱让她给骑走了。

说的不好听点，这是赤裸裸地利用我的名义骗钱，气得我当时就想骂"三字经"！

我立马找到她理论，她却说自己根本就没说，是学长自己不要钱的，又把黑锅甩学长身上去了。

老娘信了你的邪！

那可是好几百块钱，人家认得你谁啊？还免费给你，做梦呢，天上掉馅饼也砸不到你呀！

我立马就跟她绝交了，拉黑一切跟她的联系方式，再也不见。

然而时间真的会改变一切，当时觉得自己被利用，那叫一个悲愤欲绝啊，整整失落了好几天。

迈进社会后，职场交往，同事之间的钩心斗角，简直堪称宫斗大戏——能被人利用，你就应该像妃子被翻了牌一样感恩戴德，因为这说明你还有利用的价值。

"朋友是拿来利用的！"这句话不那么好听，但它实在。

试问，不管是在工作中还是生活中，我们哪个人没有利用过朋友呢，谁敢说没被朋友利用过呢？

如果你敢拍着胸脯说：我从没利用过朋友，也没被朋友利用过。那只说明，要么你很弱，没有利用价值。要么你很厉害，不需要利用朋友。

都说朋友多了路好走，为什么好走？因为在有困难的时候，朋友能帮一下。那么交朋友，交更多的朋友，为了什么？为了在你有困难的时候，朋友们能帮忙。所以，交朋友就是为了互相帮忙，互相帮忙不就是互相利用吗？

然而，不仅仅朋友是用来利用的，所有的社会关系都是利用关系。

上学时，尽心尽力讨好老师，是为了利用情分争得学分、奖学金；上班后，点头哈腰地讨好上司，是为了利用关系向上爬；能力不足的亲友找你帮忙，找你给介绍工作，你再向更有能力的亲友寻求帮助，这一层层的都是利用关系。

富豪会和乞丐打招呼，那是出于他的修养，出于对他人的尊敬，但他永远不会和乞丐交往，因为乞丐只会索取他的资源，并不能带给他相应的资源。

刘备为什么跟关羽、张飞结拜？是为了实现他的抱负，为了他的江山，他需要关羽、张飞来保护他，需要他们的武功来成全自己的抱负。如果关羽、张飞不会武功，刘备会跟他俩走到一起吗？会结拜吗？

同样，关羽、张飞也有此抱负，也有此心愿，但是他俩只会武功、蛮干，而不像刘备懂政治。所以，他们在一起，就是互相利用。

现实生活中，这种事情比比皆是。有路子没钱的人，找有钱没路子的人合作干事业；有钱没能力的朋友，找有能力没钱的朋友联手做事情。如若能找到像刘、关、张那种又出力又出钱的朋友、兄弟鼎力相助，何愁大业不成。

同事、亲友在一起聚会，唱歌跳舞、喝酒吃饭、打牌娱乐，为的是什么？是为了享受大家在一起时的开心氛围，为了让自己的生活丰富多彩，充满乐趣，终究还是为了让自己开心。

如此，难道不是在利用朋友吗？

有谁敢拍着胸脯说，跟朋友喝酒吃饭唱歌跳舞打麻将不是为了自己，而是为了朋友开心的？别扯了，鬼都不信！

所谓"利用"，其原意为：物尽其用，使事物或人发挥效能，也指借助外物以达到某种目的或用手段使人或事物为己服务。

前一句是正解，后一句为负解。然而，我们好像只记住了"利用"的负面意思，忘记了它积极的一面。

所以，被人利用了，不必伤心，因为利用不一定就是冷酷无情的，相反，相互利用才是双方关系友好长存的基石。

一个不爱你的人，痛苦的是两个人

在我睡得昏天黑地的时候，刺耳的电话铃声把我吵醒，迷迷糊糊地挂断，继续埋头苦睡。

然而，电话铃声就像是打了鸡血一样不停地响着，我再怎么好脾气的人，也忍不住了，怒气冲冲地掀开被子，打算好好教育一下这个凌晨两点不让人睡觉的人。

我看着手机屏幕上不断闪动的名字Q，举起手机要崩溃了，但还没等我开口，他先说话了："我失恋了。"

失恋？没错，失恋的人最大，不应该发火，但是，你算哪门子的失恋啊，你一直都是单恋好吗！

我真是无语问苍天了，要破口大骂时，他又说："这次是真的，我真的失恋了。"

呵呵，你想听我说一句单身快乐吗？

Q大一时就苦追C，他没有什么追人的方法，就四个字：死缠烂打。对于他们俩，我只能说C虐Q千百遍，Q始终待C如初恋。

C 是典型的乖乖女型，不论周围的男生如何明示暗示，她都是"两耳不闻窗外事，一心只读圣贤书"。所以，别人也都知趣，见没有机会就放弃了。

只有 Q 是不论 C 用什么办法拒绝，他就是痴心不改，一有机会就在 C 的身边转悠，自以为很伟大很无私的奉献，反而让 C 没有了清净的校园生活，害得她走到哪都是一堆议论的人。

在晚上，C 对着一堆学习资料，背英语背得头昏脑涨时，Q 总是一个又一个的电话骚扰。

Q 还总是在 C 忙了一天，要睡觉时，打电话半玩笑半威胁她，说如果不出来就要在宿舍楼下叫她的名字，直到把她叫出来为止。

当 C 不得已，好不容易穿好衣服下楼，以为有什么要紧事时，却换来一句 Q 自以为很深情的"我想你"——哎哟喂，你是不是把敌敌畏当可乐，把您那一分钱十斤的脑袋喝秀逗了。

甚至还在 C 要买女性用品，几次三番强调让他先回去，想自己一个人逛逛时，Q 一点儿眼色都没有，还大义凛然地在大白天对 C 说"不放心"——唉，天下之大，都堵不住你那缺的心眼啊！

还有，在 C 三番五次说自己现在太小不考虑找对象时，Q 还在高调地向别人表达自己不追到 C 决不罢休的决心……

呵呵，朋友，脑子是个好东西，希望你有。人家早就说得那么清楚，那么明白，你听不懂呀？脑子里装的都是水泥吗？

哥们，这样要是能追到女孩子，你家祖坟都会冒青烟！

就这还好意思每天痛哭流涕、要死要活地跟身边每一个人说着自己虐心的爱情路——毛线个爱情呀，爱情是两个人的事，你一个人那叫找虐！

你痛苦，关人家屁事！你说你爱人家，可人家不爱你啊！人家不爱你，有什么罪？可你为什么非要钻进那爱的牛角尖？你自己痛苦不说，还把别人也拽进死胡同，凭什么呀！

我的一个同事W也深陷在此旋涡中。

W是个善良而懦弱的人，对于别人的要求很少说不，她就是这样的一个人。

我曾听见她歇斯底里地对着电话那头喊道："我对你说过，我不爱你，还要叫我怎么说？对，我就是眼里没有你，我不能骗你，更不能欺骗我自己，可你为什么总是不放弃？你真要在一棵树上吊死吗？还是不到黄河心不死？"

可见，该女生已是被逼到了极点。

不得不说，追求她的H先生是个比较内敛和感性的人。他不会在明面上疯狂展开攻势，给女生拒绝的机会，总是恰到好处地展现他的体贴，不会让女生下不来台。

但是，每当W想拒绝他时，三秒之内他好像能立刻哭出来，脆弱得不要不要的，好像别人多对不起他似的。

而且H先生有着近乎变态的占有欲，一天能打无数个电话。如果W不接，他就把她身边好友的电话挨个打一遍，不得知W的下落不罢休。

因为不善沟通，H先生所有的心意都用文字来表达，每次

W 的手机响起，她都是一脸的"生无可恋"，短信内容看都不看就删掉。我曾有幸看过一次内容，鸡皮疙瘩顿时掉了一地，能扫一箩筐："不求回应，只求默默呵护你，为你遮风挡雨。"

我呸，你咋不上天呢！不求回应你发啥信息，默默守护你就闭嘴呀，把自己整得跟个情圣似的，还让别人都以为是 W 狠心绝情。

我呵呵你一脸，你又不是美瞳，凭什么把你放在眼里！

与其说是追求，不如说是威胁——H 先生曾扬言，W 不接受他，他就去跳海。这种站在道德高地，强加给人的感情压得 W 喘不过来气。

死都敢，放手怎么那么难呢？

W 跟我说："就是因为我知道他是真心喜欢我，所以，我才不能勉强自己答应他，我才要这么冷淡地对他，不给他错误的信息。明知道以后不会在一起，给他错误的信息才是对他不好，浪费他的青春，不如从一开始就摆正态度。"

爱上一个不爱自己的人，付出得不到回报，自己痛苦；而你付出得越多，别人越觉得亏欠，另一个人也痛苦。

与其两个人痛苦，不如成全一个人快乐。

爱情是瞬间点燃的烛火，而死缠烂打像反复摩擦的火花。前者温暖美丽，后者却凄清而喧嚣。但是，这个道理却并不是所有的人都能懂。

尤其是文章开头提到的失恋者，总是认为：死缠烂打才是疯狂的爱，所谓的爱就要疯狂，不疯魔不成活！他们一边纠缠，一边把自己感动得稀里哗啦，同时抱怨对方的冷酷无情，然后依旧死缠烂打，最后却只能将自己仅剩的好感败光而已。

我们总是站在自己的角度为别人思考，却忘记了别人到底想要什么。子非鱼安知鱼之乐也，我们一厢情愿地认为是对别人好，竟然会让人不舒服。

握过沙子的人都知道，你手握得越紧，沙子流失得越快，只有学会放手，才能真正地得到。

也许在我们遇到生命中的真命天子之前，上天故意给我们安排下几个有缘无分的人，这样我们才能学会去珍惜这份迟来的礼物。

放心吧，他过得不好，你也不会开心的

你过得幸福，我会难过。你过得不幸福，我还是不会开心——好多人对前任是这样评价的。

朋友小江是个未婚女青年，年龄不大但老是被家里催婚。前几天在去超市大采购时，遇上了前男友。

作为一个单身宅女，不到冰箱空空如也是永远想不到要把

它填满的。小江同学在无聊到极致的时候，决定外出觅食并购买生活用品。

到了超市，她就直奔零食区，那是此行的主要目的。

在她挑选饼干时，旁边有一对父子，那当爸的有些抠门，反正就听着那小孩子嚷着要吃这要吃那，但是做爸的一直不出声，就不答应。不过她也没太在意，主要是选零食选得太认真了。

零食买完了，就想着去买生活用品，要经过卖玩具的区域。然后小江就听见刚刚那又哭又闹的小孩子非要买什么玩具，那男人无可奈何，一个劲地说这个玩具质量不好，卖得太贵了云云，人家售货员在旁边听着，脸都挂不住了。

小江之前选零食没注意，这下一听声音，有点耳熟，再仔细一看，那男人长得也眼熟——恍然想起，那是不堪回首的初恋啊！

当时小江使劲揉了揉眼睛，怕眼瞎啊，事实上她情愿眼瞎。那张脸还是那张脸，但是整个人忒寒酸了，寒酸得不行——没有打理过的发型，面有菜色，穿着劣质的羽绒服，反正从上到下 LOW 得不行不行的。

那小孩子也是，穿了很多，给人的感觉就是衣服不保暖，拿数量来凑。

当时小江心里特别震动，毕竟他是高中的初恋不是，当初也一起非主流过不是。所以她轻轻地走了过去，瞄了一眼他儿子看中的玩具，别说还真不便宜，三百多块呢，就那种类似于变形金刚还是铠甲勇士什么的机器人。

初恋也看见小江了，脸色当时就不太自在了。

小江调整好表情，走过去拿起那个玩具："小朋友，阿姨送给你好不好。"也不等他们回答，赶在他们之前拿到柜台付了款。

等着他们付款出来，小江便把玩具递给他儿子。小孩子不懂事，看见玩具到手非常开心，一把就接了过去。

但是初恋的表情就不太好看了，特别不好意思又特别尴尬的样子。他一直催着儿子把玩具还给小江，他儿子偏，抱着就不撒手。

小江赶紧说："没事，怎么说也是老同学，第一次见你孩子，就当见面礼好了。你要实在过意不去，请我吃顿饭就行了。"

嗯，很好，姿态很高傲。小江就是给他找个台阶下。

后来去了一家中餐馆，装修一般的那种，初恋拿着菜单看了一眼，有些窘迫的感觉，不过还是说了让小江随便点。

小江当真挺不客气的，两个大人，一小孩子，三人共点了七个菜。看着他紧巴巴的样子，小江当时真有一种很得意的感觉："叫你打肿脸充胖子啊，该！"

好吧，为了避免小江被打成一个小人得志不要脸的前任，我觉得这个时候该交代一下小江和初恋的背景了。

小江和初恋在高中认识的，高三毕业之后，面对即将到来的分离，两人感情逐渐干柴烈火，终于在某一个月黑风高的晚上擦枪走火了。而小江不幸蒙得衰神垂青，居然怀孕了（临到上大学那会儿发现的）。

当时吓得小江……要知道小江的家风甚是严谨，被家里人知道了那就得脱层皮啊！

于是小江就找人借钱做手术，也不敢到正规医院去，联系了一家小诊所。

初恋怕小江出事而担责任，一个劲地劝她把孩子留下，却一点不作为，还开始躲躲藏藏，不见人影，最后居然跑去向小江妈妈通风报信。

小江被她爸妈带去了大医院，还往死里骂，骂得我听了都心肝颤啊颤啊的。

然后，初恋就再也没有出现过。

小江告诉我这件事时，一脸报了多年深仇大恨的感觉，庆幸地说道："你说我当时怎么就瞎了狗眼看上他了呢？你是没看见他现在那熊样，一顿两百多块的饭都请不起，哎哟，那叫一个穷酸呐，老娘甩了他简直是不能再明智了！

"还有还有，我后来见到了他的老婆，可不得了，穿得特危险，长得特安全！哈哈哈，谢君当年不娶之恩，啊哈哈……"

呵呵，是你老甩别人吗？我怎么记着是你老被抛弃的呢？当然，对于这种陷在自己幻想中不可自拔的人，我连白眼都懒得给，何必去浪费唇舌。

很多人在分手后，都会咬牙切齿地发誓，以后一定要混得比对方好，在任何方面，巴不得对方从此以后凄惨无比——

听到对方消息后，都会拿来和自己比较，过得比自己好，就会贬低对方，一定是靠了见不得人的手段；混得比自己差，就会扬扬得意，好似人生中指着这件事就可以扬眉吐气了。

前任之所以叫前任，那是因为曾经在彼此的生活中或多或少占有分量。前任与你总会生活在共有的朋友圈里，你们之间只是没有联系，而不是没有关系。老死不相往来的是陌生人，甚至是敌人。

我也曾与前任不期而遇，但情况与朋友小江正好相反。

那时我刚辞掉一份不如意的工作，面试完一家公司后，在去另一家公司时遇见了他。

那时候的我每天不停地投简历，不停面试，整天忙得脚不沾地，再精致的妆容也掩盖不住脸上的疲惫。而前男友一身笔挺的西装，雄姿英发，身边挽着一位知书达理的女孩。

那天遇见后，前男友帮忙给了我一个面试的机会，被录用后，我请他吃饭以示感谢。他坦言当初我提出分手后，他心里非常不舍，几次想找我挽回，但是他知道这个决定是对的，对两个人都好。现在他找到了自己的幸福，希望我也能过得好。

现在，我每月靠着那点微薄的薪水艰难度日，而前男友却已成为公司赖以重用的精英，有车有房，夫妻恩爱。但我们也能够坐下来一起谈笑风生，这样，难道不是最好的结局吗？

谁愿意看见自己曾经爱过的姑娘变成一个皮肤粗糙的黄脸婆？谁愿意看到曾经付出真心的少年变成一个膀大腰圆的大叔？谁愿意看到曾经风华正茂、踌躇满志的爱人穷困潦倒，萎靡不振？

承认吧，看到前任过得不好，你并不会开心。无论之前放过什么样的狠话，什么他过得不好我就安心了一类的。

可是真听到他说近况不好的时候，你会难受。

这并不代表没出息，因为前任是你曾真心实意爱过的，从曾经牵手承诺走天涯到现在挥手说拜拜，从各种占据对方生活和关系到现在没有关系。

他是自己的一段青春，谁都不想让青春变得惨不忍睹，辜负记忆里美好的感觉，后悔在彼此身上消耗的时光。

我们要做一个对别人有用的人

曾在一本书上看到这样一个故事：有一天，小鸡问鸡妈妈："妈妈，你今天可不可以陪我们出去玩，不要一直待在这里下蛋了，下蛋多累啊！"鸡妈妈回答道："不行啊孩子，这是我的工作，是我存在的价值。"

"可是你已经下了很多蛋啊！"

鸡妈妈看了看旁边空荡荡的猪圈，又看着小鸡，然后意味深长地说："一天一个蛋，刀斧靠边站。孩子，知道隔壁的猪奶奶为什么不见了吗？因为它老了，没有用处了，所以人类把它杀掉了。下蛋是我对人类唯一有用的地方，如果我每天不能产生价值，我也将会被杀掉。"

动物如此，人也是一样。当你不能创造出价值的时候，你将会被社会淘汰。

我的两个朋友在毕业以后进了同一家公司，一个家底殷实，是托关系进去的，所以整日不用多做任何事情，只用吃喝玩乐，姑且叫她"后台小姐"吧。另一个是凭借自己的努力进去的，因为没有任何背景只能拼命苦干，连好好吃顿饭的时间都没有，我们不妨叫他"努力先生"。

努力付出的人总不会被辜负，辛勤的人总能被伯乐赏识。

努力先生在工作上也算顺风顺水，一路顺利晋升，但是每日要完成的工作更多，任务也更加辛苦。而后台小姐，虽说没有升职加薪，但公司依旧好吃好喝地供着，依旧无所事事。

很多人一定都会觉得不公平，为什么不作为的人，都能被留下还不用那么辛苦工作？你一定认为，应该把那个找关系进去的后台小姐辞退，而埋头苦干的努力先生应该一路晋升迎娶白富美，坐上 CEO，走上人生巅峰！

唉，可惜理想很丰满，现实很骨感。

产生这种情况的原因很简单：后台小姐有更大的利用价值，她背后的关系、背景就是她的能量。与努力先生不同的是，她的价值是她先天自带的属性，不需要自己奋斗就能得来。

而努力先生只能靠自己给自己创造价值，他没日没夜地为公司尽心竭力，在大事小事上面都表现得异常出色。老板平时也对他颇加赞赏，还笑称要把年底的"最佳员工奖"颁给他。

但是到了年终的时候，"最佳员工奖"却颁给了后台小姐，她还多拿到一笔奖金。

原来在临近年底的时候，公司出了一个不小的问题，老板绞尽脑汁，多方应酬后还是解决不了，无奈之下找到后台小姐，希望她能够帮公司渡过难关。

后台小姐跟家里亲友打了声招呼，一顿饭就把问题解决了。老板自然对她感激万分，为表谢意，就把年底最佳优秀员工奖给了她。

当时公司好多人都为努力先生打抱不平。

努力先生的成绩大家都看在眼里，明明最用心工作的人是他，老板平时也总夸赞他是公司新人里面最优秀的。而后台小姐就说了那么几句话，平时打个卡就走，从未做过一件正事，这样的人凭什么是"最佳员工"呢？

有人对努力先生说："老板也太势利了！需要你的时候就把你夸得跟花一样，什么都好说，不需要你的时候就把你扔一边去了。你这么拼死拼活地做事情，最后还比不上别人轻轻几句话，老板简直就是过河拆桥，利用完就扔。"

努力先生想了想，说："老板与员工之间本来就是利用关系，你需要靠他维持生活，他也需要靠你赚取利益，只是看谁更有用罢了。

"在公司出现困难需要帮助的时候，我是无能为力的，真正有能力帮助公司渡过难关的人是后台小姐，不管她是靠关系还是其他原因，但不可否认的一点就是，她的确解救了公司。所以对于公司来说，她的用处比我大，价值比我高。

"我也许能够帮公司扩大业务量，增加利润，但是后台小姐却可以让公司起死回生，让公司存活下去。试想公司如果没有了，要我这样的人还有什么用呢？所以她才是真正有用的人，我需要更加努力才是。"

老板一直通过口头的赞赏和虚无的奖励来激励努力先生做事情，这就是一种利用。

但反过来想想，老板为什么只表扬努力先生而不表扬别人？说明他做的事情是有价值的。

后台小姐用自己家里的关系摆平公司的麻烦，老板就把年终奖发给了她，这也是在利用她。只不过他们两个人值得被利用的点不一样而已。

换句话说，后台小姐与努力先生都是被老板"利用"的，后台小姐有背景可利用，努力先生有能力可利用。反过来看，老板也是被后台小姐和努力先生利用着的，因为他们付出这些，老板也会支付他们薪水。

但是后台小姐的价值来自于家庭背景，跟她本人无关。如果有一天，后台小姐的家庭出现问题，与外界的关系链断了，那么，后台小姐自身对公司而言将不再拥有任何价值。

而努力先生却恰恰相反，他的价值是靠自己一步一个脚印拼出来的，所有的人脉、关系链都来自他自己，他的事业和发展都控制在自己身上。

正是因为明白这一点，努力先生努力让自己变得更好，只为了让自己更有用处，让别人更能利用你，这样，才不会失业。

人与人的相处都带有一定的目的性，决定性因素也是你的利用价值的大小，也就是能给他人带来的"收益"有多少。就算是交友、恋爱，也是看这个人能否给你带来舒适和愉悦感，这也是一种利用价值。

最简单的例子就是小孩子交朋友。在幼儿园里，玩具最多的小朋友伙伴最多，因为和他在一起能玩到更多的玩具。

就像《欢乐颂》里的五个女孩一样，明明住在同一楼层，彼此都以朋友相称，但是明显看得出来，安迪和曲筱筱的交往互动最多。因为曲筱筱是富家女，她有能力在安迪被人家污蔑的时候息事宁人，带她逃离舆论风波。

同样，安迪是女强人，商业精英，她能够帮曲筱筱这个商业菜鸟在谈判时指点迷津，扭转乾坤。五个人中，她们是对彼此最有用的那一个。

存在就是因为你有价值，当你被淘汰的时候就是因为你丧失了价值。过去的价值不代表未来的地位，所以，我们只能每天不断努力，提升自己——对公司、对社会有价值才能更好地生存下去。

不论是交际圈，还是工作中，只要你想与人交往，得到更大的利益，你就必须提高自己的价值——要么有才，要么有财。

失恋时不做这三件事：吃东西，流泪，看电影

　　普通人分手：吃东西，流泪，看电影。

　　文艺青年分手：安静地吃东西，林黛玉式流泪，忧郁地看电影。

　　二愣青年分手：疯子似的吃东西，放肆着流泪，嘶吼着看电影。

　　卡！打住，电视剧看多了吧？谁规定的？

　　失恋了，没有暴食，没有迎风流泪，没有看电影！没有没有没有，重要的话说三遍！

　　我有一个女性朋友Y，她有相恋过一年的男友，不过，只谈了一年的感情却磕磕绊绊，分分合合——无他，她那个男友简直渣得人神共愤。

　　分手之后，朋友Y就开始暴饮暴食，她自己也心知肚明，这样吃下去自己会发胖，她也知道变胖会对自己不好。可是，她就是控制不住自己的嘴，各种各样的，喜欢的和不喜欢的，吃撑了就直接上床睡觉，哪也不去。

她基本上一天能吃五顿饭,毫无顾忌地吃,冷热酸甜拿来就吃,通过大肆进食来暂时忘记痛苦,甚至吃到吐也无所谓。

只不过,这种看上去很犒劳肠胃的方法,其实不仅对身体是一种伤害,而且还会让自己记起曾经的点点滴滴,所以,看上去很释然的生活,实际上是一种内在的折磨。

不仅暴食,她还暴饮。

老话说得好:"何以解忧,唯有杜康。"于是,为了解忧,她便经常找几个能倒口水的狐朋狗友痛饮,这样不仅让自己敞开心怀大醉一场,还能让自己借着酒劲倾倒出自己的情感垃圾。

但是,垃圾桶这个活谁也不想多干,找不到人陪时,她就会自斟自饮,自我舔舐伤口,于是更加觉得自己寂寞,没人爱。

同时在酒精的麻醉下,容易让自己的意识暂时短路,不由自主地就给渣男打电话,醉醺醺地问人家为什么不要她。

没办法,女生分手后一般都会有挽回的想法,就是贱呐!可是当时死要面子,脑子一热,分就分了,但到底是为什么分手她得搞清楚,正好借着酒劲哭唧唧地撒娇,以期能博得同情,重新开始。

你说这种人傻不傻?看看你现在这个样子,吃到变成一个肥婆,眼睛肿得像个核桃,除了亲者痛仇者快,留下一个胃病的隐患,你还能得到啥?没有半点意义。

这完全是一种自虐行为,男人不喜欢你了,再怎么伤害自己也不会激起他的怜爱之心。

要不说女人一恋爱,智商都为零呢——你说你死命把自己作贱成这样,吃胖了有本事别减肥呀!

都说女人是水做的,所以,至于流泪那更不叫事。

相较于男人,哭是女人最得体的权利。大多数人对女生失恋后痛苦都表示很理解,但是,假若一个男人在人前哭哭啼啼的话,很容易被人鄙视,就不得不让人另眼相看了。

所以,我这位好友Y在失恋后充分运用了这项权利,她觉得自己能够通过这种发泄痛苦的方式来释放自己的忧愁和创伤。失恋的女人哭起来,简直能写一本《论花样哭法》:

人前号啕大哭,人后独自隐忍、啜泣;你笑着安慰,她哭,你陪着悲伤,她更哭;带她出去散心,又开始指指点点:这个长椅他们一起坐过,那个冰激凌他帮她买过,那家店他们经常去,这家店他们说去还没有去……

事实上,从科学的角度来说,把痛苦哭出来是对身体很有益处的。而且失恋了伤心,通过泪水来发泄情绪这无可非议,不过,能不能不要动不动就哭,像个关不紧的水龙头一样。

关键是,事后你还得拼命喝水,敷面膜来补救你那张饱经沧桑的脸,浪费资源可耻啊!

哭是一个人懦弱的表现,为什么失恋就得哭呢?哭有用吗?这不仅仅是在给情敌看笑话,还给了渣男得意的资本。

看看,电视里后宫争斗的故事,妃子失宠后,有几个是自暴自弃,暴饮暴食,整天以泪洗面的?这样子的人分分钟被秒杀好吗!

失恋的人还有一件必做的事,那就是一个人窝在家里看电影，而且是各种求而不得，相忘于江湖，被现实阻隔的悲伤电影，仿佛在寻找同病相怜的人。每个故事都把自己的经历带入进去，把前任妖魔化或者偶像化——姑娘，醒醒吧，你俩现实生活比白开水都平淡，没那么多波澜起伏。

然后，每次都看得那叫一个发自肺腑，感同身受！结果，越看越忧伤，越忧伤就越要发泄，于是又陷入暴食的旋涡中，走入了一个怪圈。

Y本来属于社会上那种有追求，肯拼命，整天忙碌工作的女孩，却因为失恋带来的心灵创伤，采取了一种类似于自残的方式摧残自己的身体。

以前她是一个很爱打扮的人，可是看看现在的她，整天把自己搞得暗淡无光，不打扮，也不喜欢逛街买衣服，就知道虐待自己的胃。胃现在被撑得很大了，体重飙升了，身材已经走样了，性情也变得暴躁了，整个人变得怪怪的。

失恋后，你应该多想想他的薄情寡义，他的劣迹斑斑，反复给自己洗脑，务必叫自己越来越讨厌对方。这是让你抛弃牵挂与不舍，从这段失败的感情中走出来的最佳方法。

千万不能去怀念这段感情的美好，怀念他的温柔体贴。千万别用别人的错误惩罚自己，这样做太傻了。

分手之后，一定要过得更好，活得更美，好到要么能让渣男后悔，要么能有新人追。不要每天困在失恋的旋涡里，天天嚷嚷着活不下去了，感觉全世界都放弃了自己。

别太高看自己，世界那么忙，根本没有时间去在意你。

真爱一个人,是愿意一万次放弃自由的

《了不起的盖茨比》里面有这样一句话:"如果打算爱一个人,你要想清楚,是否愿意为了他,放弃如上帝般自由的心灵,从此心甘情愿有了羁绊。"

同事L最近跟女友分手了,他们俩曾是我们办公室里人人羡慕的一对,男才女貌,恩爱无比。而且女生体贴温柔,大方得体,对同事无微不至,分手后一心求复合,每天都来公司给他送饭,风雨无阻。

其他人都看不下去了,都劝L答应女生。

一向心软的L这次却异常的铁石心肠,坚决不答应,被逼急了,才红着眼睛告诉我们:女生样样都好,自己也对她有感情,但是两人绝对不会在一起了,因为跟女生在一起太累了。

女生喜欢管着自己的男朋友,一天要打好几遍电话询问L的动向。L一开始觉得这是女生重视他的原因,还颇为享受,以此为乐。但是渐渐地,快乐就变成了烦恼。

女生性格内向多疑,对自己不自信,和L交往后,就一直

戒备着，生怕L被别人抢走，各种彰显着自己的主权，害得L连朋友的正常交往都成了问题，几次公司聚会都没去。

无论是吃饭还是逛街，女生都要叫着L，每天经历的事情不论大小，事无巨细都要L向她报备，最后，居然提出要辞职到他的公司来照顾他。

L已经能预见到这样做之后自己的日子是什么样了，实在不能忍受这种没有一点自由的生活，提出了分手。

L说，跟女生在一起的日子，有很多开心的回忆，但更多的是疲惫的感觉——自己每天工作已经很累了，还要应付她一个个无理的要求，女生恨不得把自己绑在她身上，半点空间都不留给自己。

最终他对女生说：我可以为你做很多事情，也可以为你改变很多，但是这些决不能构成对我的枷锁——对我来说，自由比爱情重要。

正所谓：生命诚可贵，爱情价更高。若为自由故，二者皆可抛。呸，都是屁话！追根究底，还是不够爱罢了。

几年前的一个深秋时节，我与朋友Z相约登山，爬到半山腰上，有一个祈福的寺庙，香火颇为旺盛。于是我对Z开玩笑道："要不要给你这个老姑娘求个姻缘去呀？"

Z白了我一眼："不需要！追我的人都绕地球一圈了，是我看不上他们，OK？我将来一定会找个高富帅，气煞你也！"

虽然嘴上说着不要，身体还是很诚实。不得不说，作为一个28岁的单身狗，朋友是有些着急的。

古朴的建筑，悠扬的钟声，置身于这样的环境下，仿佛整个人都被洗涤了一番。

Z带着虔诚的面容走进大堂，诚心跪拜，在起身时不小心遗留下一块手帕。在我们转身将要离开时，一声"姑娘且慢"，仿佛慢镜头一般，Z一帧一帧，一卡一顿地转头，只见一位丰神俊朗的男子——夕阳无限好，枫叶飘零，从此一眼万年，万劫不复。

卡！

这不是在拍电视，以上只是朋友Z后来的幻想，在她不止一次地抱怨中我都熟烂于心了。

真实的情况是：Z一转身就被一个男生撞个满怀，而男生一开口就是煞风景的一句话："小姐，你看见地上的二十块钱了吗？"Z顿时破口大骂："谁是小姐？你才是小姐，你全家都是小姐！"

好吧，除了男生长得还算不错之外，两个版本的故事真是天差地别。不过后续却都差不多，Z终于等来了桃花的盛开，两人很自然地走到了一起。但是男生却不是本地人，两个人只能无奈地保持异地恋。

去年，Z接到了新工作的录取通知，在外地。

Z本来并没有换工作的打算，因为自己的家乡，一个临海的城市，碧海蓝天，环境优美。而且这份工作她一直很喜欢，工作清闲，收入不错。

但是，她新换的工作，无论是工资待遇，还是发展空间都比现在的好，最重要的是，男友在那个城市。在与男友异地一年后，她最终选择到他所在的城市工作。

但是在与Z的聊天中，她说自己很矛盾，很不舍，因为她真的很喜欢自己现在的生活状态。这里是她的家乡，父母在这里，家在这里，她有心仪的爱人，但这些并没有对自己的生活造成负担，没有束缚自己的生活——

她有着自己的时间，可以一个人看自己喜欢、男友嫌弃幼稚的电视剧；可以开着车逛遍大街小巷，探索这座小城不为人知的秘密；可以在周末时一觉睡到自然醒，不必担心约会迟到，也不必早起精心打扮；可以和朋友相约出游，一起大快朵颐……

这样的她是自由的，爱情并没有折去她的翅膀，她可以做一切她想要做的事情，然后在信息、电话、视频里尽情地撒娇，享受她的甜蜜，她的爱情，分享彼此的快乐。

一个人的生活，并没有让她感到孤单寂寞，她活得快乐自由，并且爱情展现着最美好的一面。

都说相爱容易相守难，她担心朝夕相处，双方深入了解后，爱情会变成牢笼——当他们发现了彼此的很多缺点并且不能容忍，生活质量会比一个人时下降很多，到时要怎么办呢？放弃自由的代价是不如意的生活，到时她是否会后悔？

然而，生活不能预知，除非你亲身走过，否则谁都不能告诉你答案，不试试又怎么能知道结果呢？

经过一番深思熟虑，Z最终飞往那座城市。

Z说，自由的诱惑到底没有抵过想陪在他身边的心情。因为爱他，所以甘愿放弃自由，就算结果不尽人意那又如何，至少自己尝试过。

前几天接到了Z的请柬，两人的爱情终于开花结果，看得出来，他们非常幸福。

真爱是必须以自由为代价的。

你一旦爱上一个人后，心也就上了一把无形的枷锁。他的喜怒哀乐便是你的喜怒哀乐，只要你在乎他，情绪就会受对方影响——因为爱他，才会想要时刻套着他；而因为爱他，被束缚的人也是幸福的，甜蜜大于痛苦。

所有以自由为借口的人，都是不够爱罢了，遇上这种人，只能祝他孤独终老，好走不送。

和负能量的人在一起，每天都会很开心

在沙漠旅行的人还有半杯水时，乐观的人会想：啊，太好了，我还有半杯水！悲观的人会想：天哪，我只剩半杯水了！

娜娜升职后，和男朋友分手了。同事都在背后说她太势利，瞧不上现在属于下级的男朋友了。

对此我只想表示：干得漂亮！

娜娜比前男友早进公司几个月，精明能干，好学上进，没多久自己就摸索出了一套门路。那个男生进入公司后，领导让娜娜带他。从此，一段孽缘就开始了。

男生称得上高大英俊，在这个看脸的世界，颜值即正义，娜娜对他颇有好感。一次下雨，娜娜没带伞，他便把自己的伞借给娜娜，一把伞换来娜娜一颗芳心。

打住，别瞎想，这可不是《白蛇传》。

许仙没大本事，好歹撑得起一间医馆啊，男生却内向自卑，业务能力不够，做啥啥不行。娜娜一心想帮他，于是手把手教他工作流程，将自己积累的一些诀窍倾囊相授，把手上的资源、人脉毫无保留地介绍给他。

在娜娜的指点下，男生的业绩比一般同事高出一截，只不过比起她来还是低了一些。

男生其实真的挺优秀的，也很努力，但是骨子里特别悲观，对自己深深的不自信。他一直怀疑自己的能力。

当男生怀疑自己的时候，娜娜就耐心地激励他、给他加油打气，让他相信自己。

但男生根本听不进去这些，他每天都非常地焦灼，甚至在娜娜鼓励他，说他的业绩在同行里已经算是很优秀时，挖苦娜娜："同行？优秀？我哪能跟你比啊！"一句话就把娜娜呛住了。

那时候，她就已经感觉到，这段感情注定长久不了。

因为在这段关系里，他们的能量一开始就是不对等的。

娜娜积极乐观，阳光开朗，带有正能量。而男生一直把自己困在负面情绪之中，明明已经很优秀了，却总把自己想象得一无是处、糟糕透顶、悲观绝望，负能量满满。

娜娜需要一直安慰他、鼓励他、开导他，为他注入能量。可男生像黑洞一样，源源不断地吸走她的正能量。即使如此，他的世界还是毫无起色。

娜娜升职后，男朋友的自我价值感更低了，成天自怨自艾，觉得自己能力不行，甚至连业务上也有些懈怠了。娜娜实在受不了他的低气压，选择了和他分手。

娜娜说："他总是给我传输负能量，喋喋不休，讲他工作有多不顺心，老板有多小气。有一次大半夜给我打电话，说了一个小时他有多迷茫，觉得人生看不到希望。我是怕了他，翻来覆去都是那些话，简直像祥林嫂一直念叨着她的阿毛一样。"

娜娜一再跟我说，他不是能力不足，而是他习惯于成天怀疑自己、否定自己，他的精力被负面情绪消耗着，整日生活在自己制造出来的痛苦里，让自己煎熬。

跟一个浑身充满负能量的人在一起，是看不到未来的，因为在他的眼里，每时每刻都是世界末日，实在是烂泥扶不上墙。

再说说我的新同事小林，人还是贤淑善良的，很好相处，但我总是敬而远之。因为不管什么东西摆在她面前，她总习惯性地会看到不足，这不好那不好，对未来悲观绝望，每天还唉声叹气："以后一个人过了，不会有好男人""现在还这个样子，以后就更不行了""物价又涨了，这点工资可怎么活呢……"

你还是活着吧,地球都被你浪费那么多空气了,可别再去浪费土地了。

她天天逮着人就抱怨。今天说公司制度不合理,只能单休,加班没有加班费;明天说老板独断专行,恨不得剥夺完她的全部业余时间。

别光说啊,有本事你辞职啊!

凌晨一两点,她还会在微信上一连发大段大段的长语音,抱怨她白天在工作上遭遇的不快。关键是,她一边抱怨生活,却又一边安于现状,从不改变——因为她不敢,她坚定地认为尽管现在很糟糕,但是改变之后肯定还不如现在。

我很怕听她分析问题,会觉得人生无趣,觉得活着很没意思,心情灰暗。有时一早到公司,充满朝气和她道早上好,她就会很无力地看着你,负能量传递过来,糟糕的一天就开始了。

有一段时间,我因为身体原因,工作上有些不顺,老是出错,被领导批评了几句,正在反思是不是自己的能力胜任不了这份工作了。一转头,就听见领导在办公室里那中气十足的咆哮声,把小林骂得那叫一个狗血淋头,批得人家一无是处。

两相一对比,领导对我那简直称得上和风细雨啊!

下一秒,小林哭哭啼啼地从领导办公室出来,一副受了天大委屈的样子。突然我就觉得守得云开见月明了,觉得身边有个这样的人还是挺好的,比如:

小林:"都这个年纪还没人要,看来我是注定一辈子自己过了。"

我:"哎呀,男朋友昨天送我一条项链,你快帮我看看怎么样。"她马上递上哀怨的眼神。

小林:"又得加班了,我的命怎么就那么苦呢?"

我:"哎哟,我先走了,朋友还约我看电影呢。"她继续哀怨的眼神。

原来怼人是件如此令人愉快的事情,最重要是,每天有人免费送上门给你怼。

换个角度看问题,你会发现,跟一个负能量的人在一起,你会每天过得很开心。从他身上,你总能发现自己的闪光点,你会觉得自己的人生从未像此刻充满过希望,就连自己身上那些毫不起眼的特质也变得明亮起来,变得自信起来。

那些让你觉得充满负能量的人,其实本身并不是这样的性格,而是他们自认为这是一种好的相处方式。因为大家都讨厌那种自以为是,明明自己不咋地天天说自己有多好的人;或者是那种报喜不报忧的人,觉得他们特别能装,不招人待见。

所以,他们就只说自己的缺点或者闹心的事,因为他们觉得处在同一地位,工作上、家庭上一些不好的事能够引起共鸣,从而找到话题,交到朋友。

殊不知,物极必反。

废话,谁没事找虐,成天给你当垃圾桶,自己还有一堆烦心事呢。但是,当你从中找到乐趣后,简直欲罢不能。

唐太宗说:"以人为镜,可以明得失。"此话简直不能再真理了!

与负能量的人在一起,你会发现自己的生活美好得不要不要的,每天都让人充满期待。

不过,怼人虽爽,小心上瘾哦!

先有当老板的觉悟,才能有当老板的机会

朋友唐是一家琴行的店长,他一直梦想着自己攒够了钱,学够了经验,就自己开店做老板。不过,这个梦想至今还仅限于梦想。

唐的工作态度不能说不认真,每天都是第一个到,最后一个走的,只要遇到有经验的人,绝不放过一丝可以请教的机会,什么资金链啦,销售模式啦,人员管理啦,还报名参加了一个关于营销管理的培训班。

可是这一切仿佛并没什么用,他的业绩始终提不上来。

周末这天,我去琴行看望唐。我在的期间只有三个客人来过店内,先是一个衣着比较朴素的老先生,我见唐没有去招呼的打算,以为他没看见,低声提醒他。

唐抬头看了一眼,对我说:"你看他一直在盲目地乱转,

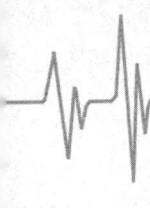

可见没有固定的目标，多数只是瞎看看，不会买的，我何必浪费口水。"

果然，老先生转悠了两圈后就离开了。

感情这一年你就练出个观察能力，怪不得业绩提不上去呢——人家没有目标，你就用你的三寸不烂之舌让人家有目标啊，潜在客户懂不懂！

唐的老板姓陈，他每天早上10点都会到琴行卖场转一圈。

这天，陈老板像往常一样到店里来视察工作，第一件事便是问唐今天的业绩。唐低头看了看记录表，说道："今天上午只卖出去一把电吉他。"

陈老板一听，便问道："怎么只卖了一把电吉他？"唐用导购的标准答案回道："因为没人。"

唐的话音刚落，陈老板的脸马上就板了起来："没人，你不会去招揽顾客啊！"

恰巧这时一位顾客走进琴行，陈老板便亲自去接待。顾客是一名中年女性，带着一个10岁左右的女儿，一直在古筝区转悠，看样子是想给孩子买一架古筝。

陈老板连唠家常带讲商品花了一个多小时，从古筝的历史，讲到古筝教师的职业发展，从木料材质说到如何辨别弦的优劣，简直称得上博闻强识——见识之广，让人不得不佩服。

陈老板舌灿莲花地把自己家的古筝吹得天上有地下无，口才那叫一个清新脱俗。最后，这位顾客终于不负所望地购买了一架价钱昂贵的红木古筝。

而且在这一段时间里,店里的客户就没断过,到中午短短两小时就做了好几单业务,可见店里的人流量并不小。

可是,唐也并没说谎,在老板到店之前,确确实实一共只进来过三位顾客,两位都是瞥一眼就走了,只成交了一单。那么,为什么老板来了以后就能带动人气,留住顾客,增添这么多的业绩呢?

其实,这是大多数门店的普遍现象。

老板看起来都格外精明犀利,说话方式极具艺术性,比顶尖导购还会招徕顾客,比店长会卖货,做事情也更有条理。要是他经常在店里,顾客就会比较中意他,更愿意听从他的建议和服务——一些回头客更是指名要老板作介绍。

为什么会出现这种现象?

是因为老板都比职员更能干吗?是由于老板比他们更聪明吗?是由于老板的经历更丰富吗?还是老板能做主给顾客更优惠的价格?

你想太多了,其实都不是,最主要的原因是——琴行是老板自个儿的店。

废话,对自己的店,谁不尽最大的心血?

每单生意,老板是最大的受益者,而利益就是驱使他们的最大动力——自己的店遇到问题时,他们会想怎样来解决这个难题,使自己利益最大化,损失最小化。

而职员只是抱着打工的心态在工作,即使工作再卖力,货款也不是自己的,反正都是吃死工资,得过且过最舒服。所以

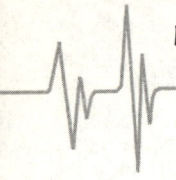

打工的人，在遇到问题的情况下会想，这么艰巨的任务，我应当怎样逃避这个困难呢？

一个是在寻求解决问题的办法，一个是在抱怨难题，乃至于要躲避难题。同样的问题，他们都会从自身的立场思考。

店里没人气，人流量低的时候，老板就会想：怎么样才会有更多的人？我应当怎样做？抱着打工心态的职员则会想：怎么老是没人呢？再这样下去，做不出业绩，拿不了多少提成，一直待下去也没什么意思，要不另找出路？

店里来客人了，老板会想：好不容易进来一个客人，我必须要把这个买卖做成。在客人没看中产品的时候，老板也会尾随到门外继续和人家聊，知道原因后，说以后可以带想要这种款式产品的朋友来，给最大的优惠。

打工心态的职员则会想：这个客户有没有消费能力？是不是诚心想买？会不会浪费我的精力，白白浪费唇舌最后又没成交？

业务没有成交时，老板会想：是什么因素导致没有成交？是我的服务态度不够好，还是我的解说不够到位？

打工心态的职员则想：这人看着就懒懒散散的，也太不识货了吧？一看就不是真心想买，耍人玩呢。

就是因为这样的观念差异，使得老板和店员的精神风貌也不同，直接造成了客户一眼就能看出谁是老板，对店员和对老板的态度及购买欲也有所差别。

店员会想，反正这个店铺也不是我的，我再努力顶多也只能多拿点提成。其实，这个观念大错特错。如果你的老板以前是帮别人打工做导购的,他一定是把那个店当作他自己的店来经营的,否则他今天不会成为老板。

拿破仑说:"不想当将军的士兵不是好士兵。"同样,不想当老板的员工不是好员工。但是,老板岂是普通的阿猫阿狗都可以当的?

那么,当老板需要哪些觉悟呢?

只需要做到一点:在打工时以创业的心态去打工,将你所在的公司当作你自己的公司去经营,去维护。做到这点,人人都可以当老板。

第二章

被人需要的，才是有价值的

> 你看不顺眼的，正是你所不具备的
> 谁说老实木讷的人不可爱
> 卑鄙的人都很少发脾气
> 就算你不接受，不公平也一样存在
> 被人需要的，才是有价值的
> 你不需要被所有人喜欢，你只需要被自己所喜欢
> 醒醒吧，给你一百万你也当不成富翁
> 永远不和前任旧情复燃
> 所有的回忆都在歪曲事实

你看不顺眼的,正是你所不具备的

如果你是个吃不胖的瘦子,你身边一定会有人跟你说:吃不胖是种病。

如果你是个身高170cm的女子,你身边一定会有人跟你说:女生太高不好嫁人。

如果你异性缘爆棚,与异性打成一片,你身边一定会有人对你说:要矜持……

反过来,同样如此,你身边有这样的人存在,这些话也会从你的口中说出来。

你看不顺眼的,不过正是你所没有的。

我刚进公司实习时,同批的实习生都被公司统一安排住在一栋宿舍楼里。其中有一个同事,此女似乎应该去趟韩国,这是我见到她时的第一想法——身高(cm)和体重(斤)不多不少都是160,皮肤黝黑,一口龅牙,穿得土掉渣,偏偏老家是苏州的,说着一口吴侬软语,娇娇嗲嗲的。

唉呀妈呀,就是要萌也不是这个萌法啊!

在日常生活与工作中，此女（忘了说，此女姓吴）便完美体现了何为江南弱女子的风韵——那叫一个弱柳扶风，走两步路就虚弱的不行，作得那叫一个昏天暗地。

而且，此女不知从何而来的一股优越感，在跟别人聊天时不停地重复有三个男人在追她的事情。

一位同事表情没管理好，深深泄露了她的惊讶，细问之下，吴同事解释道，都是在网上认识的。

好吧，我想他们一定没见过你真人。想想那个在电话里令人浑身酥软的声音，一看真人，那感觉肯定超酸爽！

偶然听到她和她妈妈打电话，终于让我知道她那莫名其妙的自信心是从哪儿来的了——家庭导致的。

别看人家穿得土，可都是她妈妈亲手做的：从内到外，从上到下，每一件都是。家庭条件优越，有钱得不得了，还是独生女，宠得天上有地下无的。

在父母眼里，自己的孩子永远都是最好的，怎么看怎么漂亮，这是人之常情。但是自己也得带点脑子啊，从小被这种言论摧残到长大的她，坚信自己长得美美哒。

工作中，你的同事里一定会有那种上班不认真，整天描眉画眼，不务正业，不靠实力靠关系，业务不咋地却总能升职加薪的那种女生。

吴同事一向对这种人嗤之以鼻。

恰巧公司里就有这样一个人存在。

林女士每天都会穿着最时髦的服装，留着最流行的发型，整天不安心工作，跟这位主管聊聊天，跟那位经理喝喝茶，三天两头换男友。

而且，不知道她跟同部门的人发生了什么矛盾，最后居然要调到我们部门来了。我不敢想象以后的日子，那简直就是灾难现场啊！

吴同事虽然一万个不愿意，但她这胳膊最终没拧过被灌了迷魂汤的部门经理那大腿，虽说她的胳膊快赶上经理的大腿一样粗了。

于是，每天在办公室里都有这样的情景上演：

林女士又勾搭了隔壁部门的谁谁，光天化日之下两个人在休息室里卿卿我我，吴同事说："搔首弄姿。"

林女士又夜不归宿，浓妆艳抹地出去，一身酒味地回来后，吴同事说："不知检点。"

林女士跟别的同事产生了矛盾，吵得不可开交时，吴同事说："最好打得爹妈都不认识。"

林女士作为部门脸面在年终庆典时代表部门上台致辞，明艳动人，吴同事说："有什么了不起的，我唱歌比她好听多了，不就那张脸还看得过去吗？"

这样类似的话，吴同事一直唠叨到她被正式录用，然后派到了分公司。

不过，前几天公司周年庆时，我突然发现，吴同事终于瘦身成功。但是她的衣着打扮却格外熟悉，好像每天都能见到的风格——一想是林女士的风格，呵呵。

同学佳佳昨天在朋友圈发了一张合照，附了一句话：我们一个像夏天，一个像秋天，却总能把冬天变成春天。

这是范玮琪的一首歌，描写了两个女孩子之间的友情，合照中的姑娘是她的一个同事。

佳佳是一个内向、慢热的女孩，不爱说话，不会拒绝别人，毕业后进了一家公司工作，跟她同时间被录用的还有一个年纪差不多大的女孩梅子。

梅子性格开朗，能说会道，八面玲珑，进公司起就对每个人都很热情——早上一到公司，就能看见她一一跟人打招呼，上至领导，下至普通员工，很快就赢得了部门所有人的喜爱。

佳佳一开始跟梅子很不对盘。因为是一起来的，梅子总是黏在佳佳身边，不管是吃饭、说话、下班，甚至上厕所都要拉着佳佳一起。

梅子拉着佳佳去吃饭的路上，遇到任何一个人都要停下来跟人说话。

前面说过，佳佳是个不善与人交流的人，有的人她都不认识，更无话可说，一个人站在旁边看着梅子左右逢源很是尴尬，在别人看来还显得她非常清高，不屑与人交往的样子。

佳佳因此很是反感梅子，对她逢迎讨好的样子非常不屑，觉得她太装，太做作，多次在我面前吐槽过她。

工作一段时间后，有一个男同事向佳佳示好。

佳佳不喜欢这个男同事，但是此人是经理的一个远房亲戚，她不好意思拒绝，迷迷糊糊地就答应了看电影的邀约。第二天她却发现，男同事跟梅子在一起有说有笑的，形状亲密，还相约一起吃饭。

佳佳心里无甚在意，只是对梅子的鄙夷又增加了一层。

男同事一直断断续续地约佳佳，她不懂拒绝，只能在心里安慰自己说，这是同事间的正常交往，然后半推半就地去了。

佳佳心知肚明男同事是在两边撒网，但她就是不敢说不。直到有一天，男同事再次约她看电影，从影院出来时遇见了梅子。

梅子似乎颇感吃惊的样子，佳佳心想装得还挺像，下面是不是就该哭着喊为什么了。

梅子只惊讶了几秒钟，便明白了是怎么回事，二话不说就给了男同事一巴掌，打完还不解气，拎着手里的包就朝着男同事的头抡去。

这下连佳佳都懵了，这跟想好的剧情不一样啊！

梅子一边砸，一边对着佳佳说："愣着干吗，一起上啊！"

佳佳顿了一会儿，似乎在给能量充电，蓄满后狠狠地用高跟鞋踩了男同事一脚，男同事只得落荒而逃。

佳佳突然笑了起来，是啊，自己早就想这么做了，不是吗？梅子的性格实在是很招人喜爱的，自己看不顺眼，不过是想为而不可为罢了，那正是自己想要拥有却不具备的东西。

两人从此成了无话不谈的好朋友。

说葡萄酸的狐狸是因为自己吃不到葡萄，看别人不顺眼的，是因为那种特质正是你所欠缺的。

谁说老实木讷的人不可爱

曾几何时,"老实人"一直是个褒义词,表示这个人善良、忠厚、待人真诚。

但是,在当今这个价值观扭曲的社会,"老实人"已经不再为社会人所推崇,一说到老实人,人们的印象都是胆小怕事、少言寡语、木讷呆滞、优柔寡断、处事笨拙的人。

家乡有个特别老实木讷的人,算是我的叔伯辈。跟他同龄的人,孩子都快上大学了,他却还没有结婚。

从小村子里就流传着他上小学时的笑话,说是别的孩子在地上画了一个圈,不让他出去,结果他就真的在圈里站了半天,一动也不动。

老实人没有什么学历,更没有一技之长,也做不出什么有出息的事,连自己都过得不怎么样,更别提让家人过上好日子了。他的老实其实就是无能,一种让人看不到尽头、令人绝望的无能。没有人肯嫁给他,这很容易理解。

我记得小时候村里面按家庭人数调整土地分配,土地嘛,当然是有肥沃的,有贫瘠的。谁都想要好的,为了公平起见村里决定抓阄——每家出一个人,抓到哪块是哪块,都不能反悔,全凭运气。

老实人不知走了什么运,居然抽中了一块很好的地。

碰巧村支书抽中的地比较贫瘠一些,就跟他表面商量、实则忽悠地说:"哎呀,其实两块地都差不多嘛,而且,正好我家旁边那块地也是你家的,这样你种起地来也方便,你看我们俩换一下怎么样?"

老实人不愧是个十足的老实人,想着领导都开口了,也不好拒绝,于是就答应了。

谁都知道,两块地相差很大,不过是村支书看准了他为人老实,不懂拒绝,所以才敢提出跟他换地。

最后的结果是,那块地种出来的粮食收成比普通的地少了三成,导致那几年他家里都过得紧巴巴的。

虽然老实人情商低,不会拒绝别人,但这并不代表他愚蠢。相反,老实人很聪明,只是不善于玩弄心机。

在我看来,他是个非常可爱的人,也许这个词用在一个中年男人身上并不合适,但他实在是一个很可爱的人。

没有结婚自然没有孩子,所以,他对待我们这些小辈犹如亲生孩子一样,小时候每逢秋收,他都会给我们买爱吃的零食和礼物,然后在一旁憨憨地看着我们笑。当我们做游戏的人手不够时,他都会自觉地加入进来,并且坚定地给每个人"放水"。

你能说这样的人不可爱吗?

愿你的生活
既有善良又有锋芒

闺密甜儿，肤白貌美大长腿，家世好，能力好，还有一个恩恩爱爱的男友，简直是人生赢家的典范。唯一不足的地方，就是她挑男友的眼光实在不怎么样。

甜儿的男友是我公司里的一个同事。说起这个同事，怎么形容呢？嗯，我只能说，高高大大的个头，看上去极有安全感。对，没错，就是安全感。

虽说这年头长得帅的人一般都是花心萝卜，不老实，但是姑娘，咱也用不着找个这么老实的啊！你不说，我都以为这哥们得了轻度弱智——他不仅仅长得老实，作风也老实，整个人散发着一种憨厚的特质，老实到有些傻的地步了。

他们确定关系后，甜儿带着他和我们几个朋友见面，她问他："昨天让你给她们买的礼物呢？"

该男生听了之后，持续了五秒钟左右没发出任何声音。甜儿以为他没听到，又问了一遍。他慢吞吞地说听到了，在车里，这就去拿。

一般情况下，被问问题的人若是没有马上想好怎么回答的话，会"嗯"这样的拖音，表示自己在想。而这位老实的男生竟然毫无反应，反射弧长了不止一点，让人觉得非常可爱。

后来，甜儿跟男生撒娇说，之前在家手洗了一大桶衣服，手都被泡皱了——其实就是想听他说一些夸奖的话，甜言蜜语什么的。结果男生想了很久，来了一句：你真勤快。

甜儿的内心几乎是崩溃的，但转眼又笑嘻嘻的了，因为她看中的不就是他的老实忠厚吗？

这样不懂风情的男生别有另一种可爱。

甜儿的男朋友是我见过脾气最好的男人了。

甜儿是狮子座的暴脾气，在一起基本都是她在闹他在笑。有一次甜儿无理取闹，大晚上跑到我家，该男生不停打电话给她。甜儿在电话里严明禁止他来，而他竟然就真的始终没有过来找她。

每次甜儿大声朝他发脾气的时候，他偶尔也会表现出不悦的神色，但也只是说一句：你干吗那么大声。

你看，就是这么的好脾气。

不仅如此，男生对甜儿很体贴，嘘寒问暖，生活中的琐碎小事让她感觉很温暖。但是，他们的每次约会都让甜儿感到深深的忧伤，因为约会流程基本都靠甜儿想。

有一次甜儿过生日，知道老实人不会买什么浪漫的礼物，她就在他面前明提暗示地表达了她想要一只宠物狗。因为每次逛街，她看到流浪的小猫小狗都会停留好一会儿，不停地叹惜它们好可怜。

无奈男生是个榆木疙瘩，就是不明白啥意思，好不容易开了一点窍，结果还开偏了——在生日当天买了一大包猫粮狗粮给甜儿，还跟她说，以后随时都可以去喂那些流浪街头的小猫小狗，就是想不到给甜儿领养一只。

这简直让人哭笑不得，没办法，怒其不争啊！

最后，甜儿还是自己去领养了一只流浪狗回来。但是，这样的男生难道不是很可爱，很萌萌哒的吗？

"老实",一个本应优良的品质却越来越受到人们的质疑,老实人几乎成了懦弱,不被重视,甚至是好欺负的代名词。

在现代都市,尤其是混在职场与生活当中的很多年轻人,最忌讳别人拿老实夸他,一句没有任何感情色彩的"你可是个老实人",听起来似乎都带着贬义,总不那么中听。

但是,谁说老实人就不可爱?他们忠厚纯良,不善交际却能迎难而上,笨拙却努力付出的样子萌起来要人命好吗!

卑鄙的人都很少发脾气

说说我朋友小霞老公的发小。

小霞上大学时认识了现在的老公明子,继而又认识了老公的一个从小一起长大的女性好友,暂且称呼她为W吧。小霞为了和老公身边的人打好关系,对W一直很不错,还介绍给我认识,我们三个人经常相约一起逛街。

W结婚比较早,有一个非常可爱的宝宝。

因为工作关系,明子经常去国外出差。W的奶水不是很足,国内的进口奶粉价格有些高,于是W就托明子从国外帮她带奶粉回来。她儿子从出生第一口奶开始，喝的都是明子带回来的奶粉，一直喝到一岁多。

随着孩子慢慢长大，对奶粉的需求量也越来越大，明子每次带的奶粉量已经不够孩子喝的了，W只能有时候请别的同事也帮忙带。但是奶粉这东西，又沉又占地方，大家都不愿意带，同事帮忙带了几次后都嫌麻烦，拒绝了。

后来有一次，明子带的奶粉比以往的价钱贵了一点，W问他，为啥他这次带的价格比那个某某带的贵了呢？

我就呵呵了，超市临时做活动打折降价，或者突然涨价这种事情又不是个人能控制的，就说一起玩了二十多年的感情，人家至于坑你这几十块钱不？而且，人家只是碍于朋友情面才帮你，又不是你的免费劳动力！

给挚友做了一年多的搬运工，换来这样一顿质问，也是醉了。

小霞说，明子对于这件事是真伤心了。但是碍于情面，过了几个月后，小霞才问W是不是该断奶了，结果W说孩子要喝到三岁。于是小霞果断说道，那你还是网上找代购吧，"这个忙"帮不了了。

小霞特意强调了一下"帮忙"二字。

W听出了小霞的话外之音，连忙赔笑道："也是，都麻烦你们这么久了，以后我自己想办法，不麻烦你们了。"

后来我们才知道，就是这样一件小事，可谓是让小霞彻底得罪了W。

她明面上从不跟你生气，看起来和颜悦色的，但是背地里，却开始各种挑拨小霞和明子——在我和小霞这里讲明子的许多坏话，跟我们讲从小到大明子的黑历史，还讲了无数次明子之前的撩妹史，说他是个花心大萝卜之类的话。

仅仅是这样也就罢了，小霞还单纯地认为，她是担心自己被花言巧语蒙蔽，受欺负，她这样做是帮理不帮亲，还赢得了一些好感。

谁知道，W扭头就跑去跟明子讲："你看小区里那个谁谁谁，就两个月没在家而已，老婆就跟别人看对眼了，你这常年不在家的，今后可咋办啊？"

知道这些的时候，我跟小霞都表示惊呆了！

我才知道，原来这才是最卑鄙的手段——表面笑嘻嘻，暗地捅刀子。

而且她极具说话的艺术，不会明确告诉别人你老婆出了什么问题，因为这种事情一旦深查下去就会发现根本是子虚乌有，她就会死得很难看，所以她才没那么傻。

于是，她就在别人心里种下一颗猜忌的种子——就算闹大了，她也可以说：我那就是在开玩笑，我没说什么的，我没让他怀疑你，是你们彼此不够信任啊！

今年刚上大学的表妹跟我吐槽，她有个小偷室友，从军训时就开始偷东西，小到零食，偷用别人的护肤品，大到偷钱偷手机。后来跟班主任沟通也没商量出个结果，现在宿舍里其他人每次出门都要把柜子锁得死死的。

这让我想起大学时的一个奇葩室友春子，她的人品倒没有差到偷东西的地步，只是为人比较自私，睚眦必报。最关键的是，演技还特别好，表面上跟你好得像一个人似的，从不发脾气，却在背地里暗暗做手脚。

大二时，我们整个系部搬到新建的宿舍楼里住。

我们宿舍当时一共六个床位，新宿舍每一间都在门后和窗边专门留了两处空地放行李箱、鞋架之类的。但是设计有问题，地方留得特别小，一个箱子就塞满了。

春子是门边的第一个床位，按说床位旁边的空间属于共用的，室长还跟她商量说那块地方统一放鞋柜。她当时答应得好好的，说大家一起用嘛。

后来搬宿舍那天，春子的东西是我们几个人里最多的，早早地就用行李箱、鞋架和各种杂物把那块地方给占满了，我们见了都没说什么。

没想到，最后她还提着一个包蹭到住在窗边的室友那儿，说能不能把包放她那儿，她那边放不下了。

呵呵，感情床底下的柜子才是你给自己准备的床是吧，空得只剩空气了，这叫没地方？公共地方已经被你占了一块，还想再占另一块，做梦呢！

不仅窗边的室友不同意，我们几个也都不同意。

这时，我们英明伟大的室长站了出来，但是一场预想中的口水大战并没有发生，因为春子意识到了错误，虽然态度诚恳，只是坚决不改。

以后的相处还是和从前一样，但是，我们宿舍在别人口中莫名其妙地就变成了一个排除异己、钩心斗角的形象，看我们几个人的眼神都变了。辅导员还专门找我们谈心，搞得我们比窦娥还冤。

有个周末晚上下了自习，我躺在宿舍里看电影，舍友陆续回来，洗刷完也跑到我这看。当时我没喊春子，最后五人一起挤在我桌子边看。

最后，春子上完厕所回来，把灯一关就上床睡觉了。

我们都知道春子睡觉不能有一点点声音和光，否则她能把你念叨死。我们几个怂包谁也没去开灯，看的时候难免笑几声，但都很小声。看完有点晚了，就都去睡了。

第二天早上不到六点，春子就起床了，然后砰的一声砸开了卫生间的门，所有人都被惊醒了。然而，大家都心知肚明是昨晚上看电影吵着她睡觉了，都装死没吱声。

然后，她开始在阳台上刷牙洗脸，各种叮叮当当，水声哗哗的。

洗漱完之后，她又打了一个电话，听着是叫外卖，然后扯着嗓子喊道："有没有睡醒了的？我叫外卖，有一起要的吗？"

没人回答，她又喊了一遍，一个室友回道："不用了，你自己吃吧。"她装模作样地说："哎哟，没吵到你吧，今早上没课，我怕你们不吃早饭一觉睡到中午，对胃不好。"

听听，多体贴啊！

所以劝诫各位，知人知面不知心啊！

不论是职场还是生活里，别以为一脸亲和的就是好人，要知道，真正卑鄙的人都善于伪装，很少发脾气，但他们暗地里不知怎么使绊子呢。要是遇到有问题就说的人，你就烧高香吧！

就算你不接受，不公平也一样存在

前几天坐地铁的时候，听到身边的两位老人在聊天，谈论老家的一个亲戚。一家人在北京工作，孩子的初中、高中都是在北京上的，但是由于没有北京户口，高考时只能回老家，最终考了一个普通的二本。而孩子的同学因为是本地户口，成绩一般却考上了名校。

又说邻居家的谁谁早就该评上职称了，结果今年又被一个空降兵给"截胡"了……最后两人纷纷感慨，老天真是不公平啊！

这个世界上处处都存在着不公，没钱的比不过有钱的，有实力的比不过有人脉的。

工作的第一年，公司所在的城市举行了一场城市歌手大赛，我的一个同事燕子报名参加。虽然她不是专业的，但是她的声音却有一种大草原上少数民族的风味，而且她热爱音乐，曾在高中时代学过两年声乐，听她唱歌是一种极大的享受。

为了这场比赛，燕子精心准备了一个月，每天都厚着脸皮去向音乐专业的朋友请教。

那是一个冬天，寒气几乎可以侵入骨髓。燕子每天都要早起练声，因为刚进入社会，大家都不愿意多花钱租房子，全都住在公司统一安排的宿舍楼里。为了不影响别人的睡眠，她每次都跑到宿舍后的小河边练习，回来时头发上都结了一层冰霜。

一位前辈以过来人的经验劝诫燕子，这种比赛看的不是实力，而是后台，谁的后台硬谁就能摘得桂冠。但是燕子坚信，只要努力一定能成功。

比赛的地方在市里的一座体育馆，距离公司很远。

比赛当天，同事们跑到那里看燕子的比赛。天气很冷，我和同伴一起走在陌生的环境里，手里捧着路边摊买的热豆浆取暖，在那个空荡荡的场馆里耗费了一个下午的时光。

燕子发挥得非常好，一曲《望月》唱得极尽委婉缠绵，意境悠远，赢得全场的喝彩。我们本以为第一名毫无悬念，但最后的冠军却给了另一位表现稍次一点的男生。

那位男生虽然也很出色，但是谁都能听出来他和燕子还是有些差别的。

后来我们才得知，那个男生是音乐学校的学生。而这次的评委号称全是专业级别的资深人物，原来大部分都是音乐学校的老师——老师投票给自己的学生，似乎理所应当，我们明明觉得不公，却还没地方说理。

我们一行人在场馆的门口等燕子,她整个人像是一个霜打的茄子,蔫蔫的。我们几个人脸上的表情也不好看,同行的一个同事更是愤愤不平,大呼不公。

回到公司后,前辈安慰我们:"比赛就是这样,总有各种各样的不公平,我们改变不了,只要有人懂,心里清楚自己唱得怎么样就够了。"

以前有一位朋友叫萱萱,学的是会计专业,长得特别漂亮,而且气质上佳。她工作非常努力,兢兢业业,但是有一个致命的毛病——马虎。所以平时工作的时候,比如在统计数据或者整理文件时老是出错。

经理经常叮嘱她,但她仍然改不了这个坏习惯。

无奈之下,经理就什么也不让她干,不再让她接触业务和文件,让她挂着业务员的名,做着前台的活,每天给客户端端茶送送水之类的。

但时间一长,别的员工就对她有意见了,明明拿着一样的钱,可是自己每天累得半死,她却自在悠闲。

萱萱自己也觉得别扭,都在一个部门里,人家都有活干,唯独她什么活也不用干。即使她再努力,同事们也都用有色眼镜看她,逐渐开始孤立她。

萱萱感到非常茫然,她觉得自己只是偶尔会出错,经理却这样给她坐冷板凳,未免也太不公平、太不近人情了吧?她感到非常委屈。

面对这样的情况,萱萱虽然一开始很难过,但是她并没有在沉默中灭亡，而是振作起来，更加努力。你不是不让我工作吗？好，那我就利用这些时间学习！

从此，萱萱每天都会在别人工作时在一旁参观，然后总结经验。又看了很多会计职称考试的学习用书，利用别人工作的时间学习，最终考上了会计师职称。

两年后，经理升职被调走，又来了一位新经理。

新领导就喜欢那种努力上进爱学习的人，并不看重资质。他看到萱萱那么用功学习，努力奋进，就给她安排了一个重要的岗位。而萱萱经过两年的学习和实践，大大增强了业务能力，还变成了部门里职称最高的人，所以领导给的任务她做起来非常得心应手，渐渐地就被提拔为部门主管。

正所谓"塞翁失马，焉知非福"，原来的经理因为萱萱偶尔的粗心，就对她的要求非常严苛，甚至还把她"打入冷宫"。她觉得不公平，同事们也觉得不公平。但是萱萱面对这种不公平，没有沉沦，而是选择了继续奋斗，继续学习，不断超越自我，终于在新领导到来后，等到了翻身的机会。

不管你是否承认，这个世上总是存在着不公平。

既然我们身处在这个不公平的世界中，那就只有遵守游戏规则才能生存下去。就算你崩溃大哭，埋怨一百遍也不会改变事实，也得不到任何好处。

但我们一定不能让它得逞，要跟老天过招，化不公为动力，顺势而为，借力打力，没准在过程中会让你乐在其中，不胜荣幸。

被人需要的，才是有价值的

工作中，总是会听见无数的人抱怨不迭："天哪，为什么我整天都在忙忙碌碌，觉得自己要被老板榨干了，而有些人却可以吃吃喝喝无所作为？为什么我这么惨！"

邻居张杰就是那个无所作为的人。

从小，张杰就是一个平凡的孩子，家庭条件一般，学习成绩一般，长相也一般。他对自己的要求也不高，能安安稳稳地过一辈子就好。所以，他从小学到中学再到大学，都是班里不起眼的存在，无论是老师还是同学，偶尔找人帮下忙从来不会有人想到他，以至于同学聚会班长都漏掉了他。

后来张杰考上了一所不好不差的大学，混完四年后毕业出来找工作。

在一家公司应聘运营助理职务时，面试官是他母校的一个学长。

一般来说，出于某种情怀，已经在社会上工作的人，一旦碰到一个母校毕业的应届毕业生都会格外照顾，反正都是招人，只要水平差不多，能力还过得去，都愿意给他们一个机会去试一试。

这个学长也不例外，打算着只要张杰的表现还算过得去，就给他个机会。

但是，短短几分钟的面试，从谈吐到思路，张杰整个思维都是乱的，而且他一直在讲来公司后自己可以学到多少知识，可以获得最前沿的商业培养。不过，对于他能够给公司带来多少价值，公司可以从他身上获取到什么，却只字未提。

最终，张杰并没有被录用。因为他身上没有价值，不能给公司带来更多的效益。这不是面试官势利，人存在的价值，说的直白一些，不就是自己有利用价值吗？

后来张杰进入一家普通的公司工作，由于公司规模不大，业务不多，平时工作比较清闲，于是他就养成了不努力、每天混日子的状态：工作能拖就拖，靠着基本工资维持基本生活。

后来，由于经济形势不好，老板为了节约成本不得不裁员，让一个人做好几个人的工作。于是，没有利用价值的张杰，毫不意外地成了第一批被裁掉的人。

我只能说，工作繁重的那些人，你们就偷着乐吧，别得了便宜还卖乖——你做这些难道没有多拿钱？这说明你被人需要，如果你每天吃喝玩乐无所事事那才要哭了：当你被淘汰的时候就是因为你丧失了价值，对公司、对社会有价值才能更好地生存下去。

好朋友小安是我的高中同学，大学毕业后做了"毕婚族"，一年后就添了一个大胖小子，当起了全职妈妈，这些年算是没正式上过班。

孩子大了之后，小安觉得每天在家待得整个人都要发霉了，想要出来找份工作，却不知从何入手，不知道招聘岗位都需要哪些技能。

对此小安很是伤脑筋，因为关系特别铁，她就找我商量。但是我跟她的专业完全不搭边，不认识这方面的人，爱莫能助。

后来她老公说："你不是有很多同学都在这座城市吗？好几个都在做行政人事的工作，你问问他们，看有没有相关渠道，顺道向他们讨点儿经验，这也值得发愁？要学会合理利用人脉资源，没听说过吗，朋友就是用来互相利用的。咱利用她，说明咱相信他们的能力。"

那个时候一起疯狂、一起逃课、一起熬夜备考的同学，等彼此到了大学的时候，还会因为一些共同回忆和话题有些交集。但是，等到大学毕业后大家各奔东西，再无交集，也没有互帮互助的机会，感情已经淡了。

高中时的几个铁姐们儿，现在因为在不同的城市做着不同的行业，基本没有任何交集，感情也渐行渐远。

小安联系了几个同学，一听这件事，有的干脆一口回绝，有的敷衍地说帮她留意，只有一个爽快地说包在她身上，等她回信。然后，就没有然后了。

这些人刚到小安所在的城市打拼时，小安曾尽可能给他们提供帮助，可是当他们一个个爬上高位，不再需要小安的帮助后，却没有一个人愿意回头帮她，人情冷暖可想而知。

当有人找你帮忙时，那是你有能力；当有人求你时，那是你成功了；可是当某些人对你无所谓时，说明你已经不被人需要，连利用价值都没有了。

后来不知小安受了谁的劝说，做起了微商。

可是这同样有苦恼，因为她发现自己的手机通信录、微信、QQ上并没有多少人，在这个靠朋友、熟人吃饭的圈子，自己貌似并没有多少人脉。

而这些被存在联系方式上的熟人、朋友貌似也不怎么给力，连一个感兴趣、问价的人都没有。都说在朋友圈卖东西就是在卖面子，销售产品即是销售个人，可是小安好像在熟人圈里刷不了脸。

小安跟我抱怨，现在才发现自己想找人时找不到人可用，有个什么事想找个人寻求帮助却没有人脉可用。为什么看着别人呼朋引伴，一呼百应，轻轻松松就将事情解决了，自己却不行呢？真是让人羡慕嫉妒恨啊！

不管你怎样黯然神伤，怎样懊恼为什么人到用时方恨少，事实就摆在那儿，我们每个人应该先掂量掂量自己，你有什么值得人家去理睬的价值？

做人讲究有来有往，从来没有人傻到去做免费的投资，你身上有没有被人需要的利用价值？不管是虚拟的还是实物，总归得有一样有价值，不然，人家凭什么要认识你？存着你的联系方式，人家还觉得占用空间呢！

你平时有没有下功夫去维护自己的人脉关系？有没有自我增值？不要怪人家为什么不理你，不帮衬你生意，人脉累积，取决于你自己身上是否有人家需要的价值。

社会很现实，但也很公平，你不被需要就一文不值，别人连看你一眼都嫌浪费，更何谈互助。但是，当你身上所能换取的价值越多，你的人脉会越来越多，人脉的层次也会越来越高。

所以，你想要得到什么，就必须拥有可以与之交换的东西。

你不需要被所有人喜欢，你只需要被自己所喜欢

前些日子，因为工作原因认识了洋洋，她温柔、热情又善良。我第一次去她公司见她的领导，就是这次的合作方谈合同时，洋洋又是帮我打印文件，又是给我倒水，服务非常周到。

中间，洋洋的领导出去接个电话，她都会很体贴地找话题跟我聊天，生怕我一个人无聊，到了中午又热情地帮忙打饭、端菜。我在心里感叹，这样的姑娘真是讨人喜欢，如果我是个男的，一定要娶她回家。

对于这么个让人如沐春风的姑娘，我含蓄地向她的领导表

示出了对她的欣赏，谁知领导却告诉我，洋洋在公司里的人缘并不怎么样。

我对此十分不解，如此善解人意的姑娘，怎么会人缘不好呢？是其他人都眼瞎，还是她其实是个表里不一的人，只是在领导面前做表面功夫？

第二次去洽谈合同时，我早到了一会儿，洋洋热心地带我去会客室等一会儿，我便开始认真观察起她来。

洋洋午休回来时手里拎了一袋水果，进入公司后就分发给办公室里的每个人。但是同事的反应都非常冷淡，有的人面无表情，头也不回地说了"谢谢"两个字；有的人只是"哦"一声，连声谢谢也不说，随便往办公桌上一指，示意她放在那里；还有人直接表示，不需要。

一圈下来，这位姑娘连一句真诚的感谢都没有得到。

洋洋就像一个得不到糖的孩子，默默地回到自己的位置上，开始处理自己的工作。这时候一位同事接了一个电话，挂了之后匆匆拿起包就朝外走，边走边对洋洋说："我有事要出去一下，这个表你帮我交到财务部去吧！"

洋洋立刻热情地接过报表，表示一定会做好。同事冲她敷衍地笑了笑，道了声谢，只是听在我耳里，十分功利。

洋洋放下手里的工作，赶紧拿着文件去了财务部。

两个小时后那位同事回来，问起这件事，洋洋说已经交给财务部经理了。同事一听脸色立刻沉了下来："你交给她干吗，应该先给出纳小沈才对，早知道不找你了，真是帮倒忙。"

洋洋连声向对方道歉，极力解释。同事只是嫌恶地看了她一眼，嘀嘀咕咕地去财务部了。可怜的姑娘感觉自己犯了多大的错误一样，无所适从地站在那儿，陷入了无限的自责之中。

在接下来的时间里，洋洋一直仔细观察着四周的动静，如果谁让她帮一下忙，甚至只是跟她说一句话，她就像得到了特赦一样。

我从合作方口中了解到，洋洋是刚来的新人。刚入职场的新人总是这样，傻白甜得像圣母一样，希望得到周围每个人的肯定和喜欢，生怕得罪了任何人，自愿地成为部门所有人的打杂小妹，接受着本不属于自己的工作，深怕自己一个不小心就得罪了什么人。

但其实，往往当你想得到别人肯定的时候，反而更得罪人。你越是卑躬屈膝，越是小心翼翼，别人越是会看轻你。

把别人的喜不喜欢看得太重，这样反而会适得其反，不仅累坏了自己，还得不到想要的结果，只能换来别人变本加厉的不尊重。

就像谈恋爱一样，越是小心讨好的那一方，越得不到重视。人就是这样的贱脾气。

我有一个很好的闺密小雅，别看她名字起的文文静静，但是为人却毒舌又犀利，她可以非常干脆地拒绝别人的要求，毫不留情地回敬别人的恶意，自己不想做的事情完全不搭理，按照自己的意愿生活，毫不在意别人的看法。

我刚认识她的时候，非常接受不了她为人处世的方式，渐渐熟了后，我才习惯了她的这种个性表达。

有一次，小雅晚上要加班，打电话跟我抱怨晚饭恐怕又没得吃了。正好我当天没什么事，就说给她送晚饭去。我到她公司的时候，她不在办公桌前，问了旁边的同事，说是去领导那交文件了。

我当时不仅带了盒饭，还买了一些面包、薯片之类的零食，提在手里挺沉的，就把袋子放在了招待区域的茶几上，然后坐在沙发上等她。

我百无聊赖地坐在一边玩手机，恍惚中好像听见坐在小雅旁边的同事喊饿，还时不时看几眼我带来的饭。

来的时候，我想过是不是要给小雅的同事也准备一些，帮她打点打点关系。但是因为是自己做的饭，而且小雅所在的部门人数众多，以我一人之力根本没办法照顾到所有人。如果就照顾周围的几个人，反而会引起争议，出力不讨好，所以我就放弃了这个想法。

所以这时候，我只能不吭声，做个缩头乌龟了。

后来，我去了趟卫生间，回来时远远就听见小雅的大嗓门："你怎么那么随便呀，这是我的东西，我答应你动了吗？"

我赶紧往回跑，就看见小雅气势汹汹地指着一个同事的鼻子骂，再一看茶几上的袋子被翻得乱七八糟的，周围几个同事的手里也都有零食。我明白了，一定是那个同事趁着我去卫生间的时候分吃了小雅的零食。

正所谓夺食之仇，不共戴天。小雅那叫一个怒火冲天，我赶紧劝她道:"小雅,别这样,都是同事,以后还要一起工作呢,互相都留点面子。"

"哼,这种人给她留什么面子?不问自取,小偷行径。"

"你说谁是小偷?我不过吃了你一点零食,至于吗?袋子里有那么多,又没说不让动。上次加班我请了大家吃宵夜,我当然以为你也是要请大家吃的,谁知道你是要吃独食呀!"

眼看着战火又被挑起,我连忙拦住小雅,在她耳边告诫说:"注意影响,你以后还要在这里工作呢,引起他们的不满,小心以后他们给你下绊子。"

可是小雅根本不管这些,我只好生拉硬拽地把她拉走,才平息了这一场暴风雨。

事后,我问她:"你这么随心所欲,真的一点儿也不担心得罪人吗?"

小雅很鄙视地看了我一眼:"我又不是人民币,能让每个人都喜欢我。再说了,我也不用人人都喜欢我,有我自己喜欢自己就行了。"

是啊,为什么一定要得到别人的喜欢呢?一辈子那么短,为什么要为别人活着,自己开心才是最重要的,在乎别人干什么?

小时候的我们也曾直率、单纯,从不会顾忌别人的看法,想哭就哭,想笑就笑。但是不知从什么时候起,我们变得事事小心,希望自己能够成长为一个人人都喜欢的人,变得圆滑,想要自己能够讨任何人开心。

列斯科夫说,世界上有两种人,一种是活给别人看,一种是活给自己看。我们不必做一个人人都喜欢的人，你能够成为你自己就好。

与其绞尽脑汁却又徒劳无功地想着如何让别人喜欢，倒不如努力去活成自己喜欢的样子。

醒醒吧，给你100万你也当不成富翁

打开每天的新闻网页，几乎都能在某个专栏里看到谁谁因为买彩票一夜暴富，某某又因拆迁获赔几百万之类的消息。

此时的你一定在想，哎呀，这么好的事怎么就落不到自己头上呢，如果是我中了100万，我就变成富翁啦，我可以……

又或者在电视上看见报道，这个富二代留学归来后怎么怎么样，那个富二代凭借多少多少资金如何成就一番事业。然后你在心里暗想，把这个资金给了我，我也能做出一番事业。

什么？你说那些富二代不就有俩钱吗？他们靠爹给的资金成功，那我有了100万，我也能成功！

你是不是在逗我？你也知道人家拼的是爹呀，爹除了有钱还有啥？教育！人脉！

你有啥？哦，我忘了，你有梦想！

哥们，转脸，看见没——浙江卫视"好声音"，好走不送。

"一夜暴富"是每个人都喜欢的梦，每个人都希望可以美梦成真。彩票给人们提供了这种机会，中大奖就意味着人生会转变——有了"意外"的大钱，可以做生意，可以买房，可以投资，可以移民，可以过上任何自己想过的生活。

那么，百万大奖的得主最后都去哪儿了呢？他们是否发家致富，走上人生巅峰了呢？

据调查，近20年来，彩票中奖者的破产率每年高达75%，每年12名中奖者当中就有9名破产。看吧，好刺激吧，简直跟坐过山车一样，有没有！

原来的一个同事老张，父母早逝，年近40岁还没结婚，除了一个关系不稳定的女朋友，可算是孤家寡人一个。

为了摆脱窘困的生活，老张经常购买彩票，但由于金钱问题，每次只买一张。他说，自己对这种碰运气的事并不抱有太大希望，但试试看总是好的，万一就走狗屎运了呢？

上天也不知怎的就想不开，真的把馅饼砸在他头上了——每次只买一张彩票的老张，竟然中了100万大奖。

天降横财，不仅让老张冲昏了头脑，还让他成了众多女性追逐的对象。好在老张还算是个长情的人，最后仍然选择和女友结婚。他的女朋友对这种天降好事十分高兴，他们两个带着100万和富翁梦进入了婚姻。

在他们结婚后，老张却失去了先前的冷静与谨慎，开始极尽所能地想再多赚钱。他先是辞掉了工作，然后在对理财没有任何了解的情况下，用奖金购买股票、投资房产，还做起了生意，并且还大方地拿出5万块来分发给所谓的亲朋好友——就连区区鄙人都分到了1000块呢。

这真是钱多人傻，这样的同事请给我来一打，好吗？

不仅如此，他与妻子还过上了极其奢侈的生活，换房子买豪车，大吃大喝，极尽享乐之事。妻子还算理智那么一点，好歹有针尖那么大吧，对老张的行为有些微词却也无法做出劝阻，因为享受的生活谁不喜欢呀。

但是好景不长，对于财产规划一窍不通、盲目投资的他们，不到两年时间就花光了所有的钱。

过惯了好生活的他们无法再回到没有钱的日子，面对金钱的困境，老张毫不犹豫地把房子车子都变卖掉了。

但是，这样依然无法维持老张大手大脚的生活，妻子因为无法接受巨大转变带来的落差，选择了与他离婚。最后，老张连栖身之所都没有了，只好搬到一间狭小的出租房里生活。

学不会对借钱的人说不，学不会对挥霍无度的奢靡生活说不，同时保持不了情绪的稳定，不停炫耀自己的财富——毕竟钱来得太容易、太突然。

这样的飞来横财真的没有什么价值，反而让一部分人开始迷惘、开始堕落、开始掉入了被钱玩弄的旋涡。

如果说手里有个几十万、百十来万的人就能成为富翁，那我身边的富翁也勉强能用群来做单位了。

我是农村人，小学乃至高中的同学自然也是条件差不多的，家境好不到哪儿去。伴随着城镇化进程的加快，有几个同学在城市的改造过程中获得了大量的拆迁补偿款，手里握着几套房子和几百万巨款。

这些人被冠以"拆一代"的称呼。作为上天选中的宠儿，他们觉得应该做点什么来体现自己的优越性，于是纷纷选择"主动失业"，过起了挥霍无度的生活。

为了寻求刺激，有一个同学还沾染上了赌博的恶习，天天泡在赌场里，一天下来输个几千块，半年输个几十万块很正常，"一夜暴富"之后很快遭遇"一夜返贫"。

当然，也有的人只是看起来算是冷静理性，现在，不再本本分分地从事原来的工作，而是利用这笔飞来横财进行创业，想让事业和生活蒸蒸日上。

但是，他们都不约而同地赔了个底朝天。

究其原因，在馅饼砸来之前，他们的生活水平并不如意，对金钱的观念也不甚清楚，基本没有系统的理财思维，投资和创业的方向不对，对社会和时代的需求不了解。

而且他们没有追求精神，受教育程度普遍较低，工作技能不强，所以，一旦他们得到巨款，再加上因为这些钱不是辛苦挣来的，就不会像对待薪水收入那样小心谨慎。再加上对于奢侈品以及豪宅豪车的追求更是无所节制，他们不破产谁破产！

最重要的是没有人脉关系，没有精准的眼光和专业能力——要想成为富翁，成为成功人士，钱反而是最次要的东西。

上学时，老师问过一个问题：一个人，他每天什么也不干，好吃懒做，混吃等死，却是百万富翁，这是为什么？

同学们众说纷纭，脑洞大开，却没一个答上来的。最后老师给了答案：因为他是个千万富翁。

所以，别看不起路边的乞丐，说不定人家以前还是个亿万富翁呢！

要是万一哪天你家祖坟冒青烟，让老天开眼给了你100万，你就老老实实放在银行里吃利息吧，别最后富翁没当成，倒变成乞丐了。

永远不和前任旧情复燃

我们经常把自己喜欢吃的东西塞进冰箱里，喜欢用的东西收藏起来，想着要慢慢享受。等到保质期过了还是舍不得扔掉，但享用的时候，才发现已经变质了。

感情也一样，即使兜兜转转，在时间这场洪流中，我们却再也无法回到最初的起点，两个人也不是当时的模样。

不要动不动就对对方倾其所有，与其卑微到尘土里，不如留一些骄傲与疼爱给自己。其实，有些相见，不如怀念；好久不见，不如不见。

别跟我说，你身边的朋友谁谁跟某某就是复合的情侣，过得那叫一个蜜里调油。呵呵，那叫旧情复燃吗？复合？分过吗？把吵架当日常的情侣，完全就是在赤裸裸地秀恩爱。

朋友小爱是个大大咧咧的女孩子，平时傻里傻气、嘻嘻哈哈的，玩起来像个疯子，但是一到她老公面前，立马贤妻良母范儿十足。

小爱和她老公是大学同学，两人专业不同，军训时两个班被分在一起，两人正好站在左右位，一来二去就对上了眼。

爱情刚开始时，总是甜美得像熟透了的樱桃。

即使两人每天都在校园里约会，一起上公共课，一起吃饭，一起逛街，但是小爱每晚都还要跟男生通电话，一聊就是一两个钟头，两人仿佛有着说不完的话。

有时宿舍里人都睡着了，她怕打扰到舍友，就出去坐在楼梯口吹着冷风聊，然后就愉快地感冒了。

两人的感情一直很稳定，但似乎并没有谈婚论嫁的打算，直到一个意外发生——小爱怀孕了，两家终于不得不面对结婚这件事。

奉子成婚似乎是最理所当然的事情，然而小爱却不愿意。

小爱的事业心很重，她是学音乐的，一直梦想着能够在音乐上有所成就。而且她还那么年轻，不想这么早就把自己困在婚姻的坟墓里，每天被孩子和柴米油盐这些生活琐事绑着。

男生向小爱保证，就算结了婚，她也可以做自己想做的事，家庭和孩子绝不会成为她的负担。

小爱思虑良久，最终还是不忍心伤害无辜的小生命，在大学毕业后两人步入了婚姻的殿堂。

婚后一开始，男生确实像保证的那样，小爱的学业没有受到一点影响。她依旧每天为了自己的音乐梦努力着，除了不能再没有顾忌地大蹦大跳，练声的时间倒是一点儿也没有缩短。

但是渐渐地，男生开始限制她这个，限制她那个，这也不许去，那也不许吃，他们开始了一次又一次的争吵。

当时，小爱已经怀孕6个月了，这时同班同学都在老师的推荐下找到了很好的工作。以前小爱是班里成绩最好的一个，老师在替同学介绍工作时，曾对着小爱说："可惜了，手里有个特别好的工作。"

小爱为此哭了一整天。

直到孩子满百日后，小爱和男生的矛盾终于爆发。

大学时的导师通过一些渠道，争取到了一个出国深造的名额，人选由他推荐。小爱为了孩子已经放弃了好几次机会，她决心抓住这个机会。

为此，小爱和男生彻底闹得不可开交。最终，梦想战胜了现实，小爱毅然决然地离了婚，远赴国外。

仅凭着一腔梦想的小爱在国外过得并不如意，不是有梦想就能成功，她的目标仍旧遥不可及。从她写给我的信中便可窥见一二，她为了梦想抛下现实，可是梦想终究也变成了现实。

在小爱逐梦期间，男生也逐渐成长为一个男人，变得成熟稳重，身边出现了另一个温柔乖巧的女生。他们日渐熟稔，即使男人心中仍然割舍不下小爱，也被女生的坚持渐渐打动了。

一年后，小爱回国，再见到曾经的爱人，她发现自己的热情并没有熄灭，男人一直还在她内心最深处。而经历了四处碰壁的求梦之路，小爱现在万分渴求安定的生活，她觉得只有男人才能带给她这一切。

爱情，似乎就是这样，你拥有时不懂珍惜，失去后才会后悔。

于是，小爱以孩子为借口，开始频繁出现在男人的生活里。

这无疑是一个最好的桥梁，当父亲的总会为孩子考虑，不管他人怎样表现对孩子的爱，谁都不能代替生母。两人都刻意地忘记那曾经不快的一年时光，彼此小心翼翼地避免碰到那道伤疤，似乎一切都回到了正轨。

小爱好像又回到了大学时代，每天神采奕奕，容光焕发，浑身散发着小女人的甜蜜。她跟我说，她早已赢在起跑线上，他们之间有孩子这个桥梁，彼此就不可能做真正的陌生人。

小爱为了向男人表达自己甘于平淡的决心，做了一名音乐教师，平时通过人脉接一些小活，唱唱广告曲，给别人写写词曲。好景不长，她写的一首歌被一家音乐公司看中，想要签下她，她那颗不甘的心又开始蠢蠢欲动。

最终的结果我想大家都已经猜到，丝毫不意外地，小爱再次选择了梦想。

在机场为小爱送行时,她哭得像个泪人,因为男人没有来。小爱不停地给男人打电话,希望他能够原谅她并且等她回来。

我从未见过她如此的低声下气。谁不想一辈子只和一个人相恋、相爱、相守到老,可是古往今来又有几个人能够做到?你又凭什么认为你就是那个幸运儿?

直到小爱上了飞机,男人才牵着孩子的手出现,其实他早就来了。男人说,这个结果他早就做好了准备,只不过还是忍不住给了自己又一次受伤的机会。

破镜难以重圆,就算是被修补好了,也无法弥补那条裂痕。就像是破裂的感情,就算再次和好,曾经的伤害就像是愈合后的伤疤一样,会提醒着你,警示着你。

没有旧情复燃,只有重蹈覆辙。要是你有重蹈覆辙、旧情复燃的心,那也请你有飞蛾扑火自杀式的觉悟。

所有的回忆都在歪曲事实

如今很多人在分手后,或是由于放不下前任,或是因为将前任妖魔化,都会陷入对前任的点滴回忆中,回忆曾经那些美好的岁月,或者回忆前任那种种被夸大的恶行来让自己忘记他。

许多人会认为,自己的记忆真实地记录了过去的一切。

其实不然,记忆是随着时间的改变而改变的,它们并不像硬盘中的储存一样,客观地记录着过去。相反,回忆是被重构过的,被歪曲的,这种回忆受到我们当前的心态影响,今天的思想和感受会影响到我们如何看待昨天。

半夜两点,当手机铃声响起时,我的内心是拒绝的。

这已经是第5次了,大半夜的发疯,但是没办法,现在不接电话,第二天我的耳朵就要经受更大的摧残,谁让失恋的人最大呢!

电话一接通,另一头的声音就带着明显的哭腔和醉意:"你说他到底为什么要和我分手,我们俩曾经是那么幸福,他那么爱我,呜呜……"

那么爱你?

呵呵,我已经懒得再翻白眼了,是你脑子有问题还是我眼睛有问题,麻烦带上脑子再来跟我说话,好吗?

没错,闺密香香失恋了——听听这痛彻心扉的语调,不知道的还以为有多么轰轰烈烈,感天动地,还以为被伤得有多深呢。要问失恋的原因,还真不是什么劈腿渣男的老套故事,完全是闺密她自己咎由自取。

香香大学毕业后没有去工作,而是选择考研。去年毕业后,自己报了一个旅游团作为毕业旅游,抛弃了我们这些早起晚归的上班狗,自己一个人享受去了。

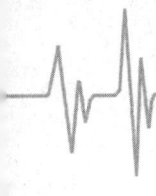

香香去的是法国的普罗旺斯，熏衣草的故乡，一个极其浪漫的地方。我们都笑说，如果香香在那边不来一场艳遇的话，就不用回来见我们了。没想到，还真让她这瞎猫碰上了死耗子。

当时香香和在旅游团里刚认识的朋友到酒吧放松，就遇见了那个男生。

据香香回忆，当时她忧郁地坐在吧台上小酌，男生优雅地走过来，为她点了一杯鸡尾酒。当时光影绰约，男生高大威武，一瞬间让她惊为天人，从此万劫不复。

不过此说法据不可考，因为在一次聚会上，香香的前任曾经不小心说漏嘴，现实是：麻手麻脚的香香不小心把一杯酒洒到了男生的身上，而男生连理都没理她就径直走过去了。

这个说法，只是香香对于当初相遇的不完美而自己产生的臆想——可怕的是，香香想着想着，自己竟然真的信以为真了，脑洞简直突破天际。

我坚信香香当时一定是由于酒喝多了，一时脑热，不然以她的性格，给她八个胆子也不敢主动跟陌生男人搭讪。

男生比香香大5岁，因工作原因到法国出差。都说3岁一代沟，香香和男生之间差不多横跨了两道鸿沟。

作为一个事业有为的精英，男生为人比较稳重刻板，并且到了而立之年，不再追求什么爱情至上，对于一个小女生的追求颇感新鲜，觉得合适、好玩就在一起了。因此，香香几乎不费吹灰之力就把男神拿下了。

追起来容易，相处起来更容易，为啥？因为人家压根没有来真的，根本没把你放在心里，只是娱乐般的尝试而已，自然做什么都是好好好，行行行。

废话！人家根本没有了解你，吃什么做什么当然你说了算。

当局者迷，旁观者清。

我们一直劝香香趁早死心，但是她就是不听，"不到黄河心不死""不撞南墙不回头"都不足以形容她。因为人家是明知山有虎偏向虎山行，而她是自认为对方爱她爱得要死，沉浸在自己美好的幻想中不可自拔。

男生虽说没有投入太多的真感情，但是也没有脚踩两条船之类的渣男行为。本来他们一个真心投入，一个打发时间，配合默契，在别人看来也是令人艳羡的一对。

奈何香香作死，本来男生对她就没有多少感情，抱着闲着也是闲着的态度在交往，她还上赶着让人家给她减分。似乎性格内向的人都生性敏感，天生多疑，尤其在对待感情方面，对男朋友严防死守，绝不放过一丝风吹草动。

前面说过男生事业有成，每天有好多会要开。她倒好，每天都是连环夺命call。男生不接电话还好，如果是让秘书帮忙接了，那就是一场世纪灾难。男生因为她丢了不少面子。

香香在分手后的这些天，就一直抱着回忆过日子，沉浸在自己编织的虚幻回忆里。

比如说有一次香香出差回来，在机场遇到了男生，她非认为是男生专门去接她，其实人家只是去送人而已。

还有一次，香香在和男生吃饭时遇到了他的朋友。香香本

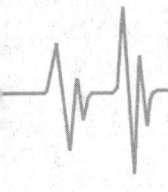

来想去打个招呼，但恰巧她当时生病了，没有化妆，男生说怕影响香香的形象，改天等她精心打扮后再介绍她们认识。

香香当时还为此高兴了很长一段时间，认为男生能够顾及到自己的面子，特别绅士，特别重视自己。殊不知，这只是男生推脱的借口罢了，压根就没有让你融入他的生活圈。

分手后，香香常说导致他们俩分手的是公司前台同事"狐狸精"。原因是，每次男生到公司来接她，都会在前台那儿等，而每次前台小姐都格外热情，搔首弄姿的。

有一次，因为她加班，男生在前台多等了一会。她出来之后就看见男生在跟狐狸精聊天，还笑得非常开心，两个人的手都快碰到一起去了。

她一口咬定是狐狸精勾引了男生，越想越觉得是这么回事——不仅自己信了，还得要求听她扯淡的人信。其想象力之丰富，不去FBI工作真是可惜了。

真是的，你自己当男朋友是块宝，别人也当他是块宝啊？也就你眼瞎看上一大叔，人家那是恪守岗位，工作认真好吗？

我也曾去香香公司找过她，人家前台小姐那叫一个一视同仁，对谁都是一样的热情。我敢打赌，前台小姐连男生叫啥都不会记住的。

我们所谓过去的美好时光，更有可能是我们内心假想的美好，是被歪曲的事实。我们接受不了现实生活的打击，就会假想过去时代的美好——然而，过去并没有你想象的那么好。

越回忆，越虚幻。

第三章

生活的真相就是要你又笑又哭

> 爱一个男人，就为他生个孩子
> 生活的真相就是要你又笑又哭
> 你开始一场谈话的方式，决定了谈话的结局
> 难以自持的人往往容易假戏真做
> 摆脱了拖延症，你也做不成什么大事
> 一个优秀的人从不需要刻意的证明
> 被人记住，总是好的

爱一个男人，就为他生个孩子

因为工作的地方离家比较远，我就在公司附近跟人合租了一间房子。

合租的女孩高莉长相艳丽，打扮时尚，紧跟潮流，还有一个高大英俊的男朋友，每天在我这个单身狗面前秀恩爱，害得我每天都想画个圈圈诅咒他们。

我上班的公司是一家新公司，每天忙得脚不沾地。所以，虽然住在同一个屋檐下，但是跟这个室友见面的机会很少。等到工作终于稳定下来后，突然发现高莉的男友已经换了人，这让我不禁惊讶万分。

由于没有熟悉到可以过问隐私的地步，我便没有多问。

渐渐熟悉后，我稍微融入了一点儿高莉的生活圈子。

高莉性格爽朗，不忸怩做作，不论是当朋友还是谈恋爱都让人如沐春风，自在舒服，因此身边从不缺乏追求者。

但是高莉每一段恋爱的时间都不长，每一次还都轰轰烈烈。现在的男朋友算是保鲜期最长的一个了，大抵是因为男生阳光开朗，性格也是大大咧咧，跟她志趣相投，两人每天像个小孩子一样嬉戏玩闹。

但是半年后，他们还是没能逃过分手的命运。

我很好奇，这样阳光的女生怎么就没人珍惜呢？

我一直认为是那些男生不开眼，没想到了解了高莉的性格后，只能大呼，原来瞎了狗眼的人是我呀！

高莉对待感情的态度该怎么说呢，说她三心二意吧，但她又非常专一，身边的男生虽说走马灯式地换，但是从不脚踩两条船，和一个人交往时就一心一意地对那个人。

不过她实在太不定性了，没有一个男生能让她愿意为之稳定下来——这次就是因为男生跟高莉求婚，她不仅拒绝了他，还直接残忍地分手了。

我实在忍不住了，决定打破砂锅问到底：你说你看着这么多优质帅哥在身边，一个一个的还都对你死心塌地，关键是你还不珍惜，简直作得没天理，你不怕遭雷劈吗？有没有考虑过那些没人要的老姑娘的感受啊！

在我的再三追问之下，高莉说，之所以分手是因为觉得自己还年轻，不想那么早就定下来。她喜欢的是恋爱的感觉，是两个人在一起的舒适感，她不愿意把自己那么早就埋进爱情的坟墓。

结婚生子更是她不曾想过的事情。她只享受二人世界，不想自己每天乖乖待在家里，狼狈不堪地给孩子把屎把尿，洗衣做饭。即使自己不开心，还要做出种种奇怪的动作，发出各类怪异的声音来逗小孩子开心。

这样的生活太压抑了，完全丧失了自我。

我不禁问道："那你爱他吗？"高莉脱口而出："爱！"

放屁！凡是不以结婚生子为代价的恋爱都是耍流氓。

一个女人一旦真爱一个男人，那么就会想跟他在一起，跟他生活，组成一个家庭，为对方生儿育女，希望双方的爱情能够开花结果。否则谈恋爱干吗，你抱着手机过去吧！

高中时班里有一个同学，在那个校园里禁止谈恋爱的年代，她和她男朋友是学校里人尽皆知的一对，就连班主任和各科老师都知道他们俩的事情。

他们各自的成绩也还不错，老师为此做了各种工作，依旧没能成功地棒打鸳鸯。

现在想起来，在那个我还不懂何为秀恩爱的时候，他们就已经给我撒了一把又一把的狗粮，以至于"单身狗"这个词出现的时候，我连吐槽都没有，很快就在心底默默接受了。

可不是吗？在你每天狂背书本狂做题，被题海战术虐得跟狗似的时候，人家两个在旁边卿卿我我，看得你牙痒痒，恨不得冲上去咬几口。

高二的时候，他们俩就互相见过家长，并且征得了双方家长同意——不得不感叹，现在的家长真是开明啊！

后来两人一起考上大学，虽然不是同一所，但是在同一个城市，又不知羡煞了多少人。

没想到我跟女生考进了同一所大学。幸运的是，我们专业不同，交集不多，即使这样也没能阻止冷冷拍在我脸上的狗粮。

大三的时候，6年的爱情长跑终于开花结果，女生广发喜帖，将他们的喜讯昭告天下，这完全是我意料之中的事情。

毕业之后，大家各奔东西，有半年的时间没有见过面。

在上一次的同学聚会上，我发现女生居然已经怀孕了。要知道，虽然他们感情很好，但她是典型的丁克族，因为她曾跟我说过——

生孩子有什么用？孩子就是来讨债的！有了孩子，就再也不能保持漂亮的身材，就会变成一个大水桶，衣柜里的所有衣服没一件能穿得下！

每天穿得像个黄脸婆，衣服上还时不时会有尿渍、奶渍；再也没有空闲时间和对方一起旅行，游遍祖国大好河山、世界风景名胜，从此再也不能任性地睡到日晒三竿；以前两个人在一起，可以出去吃大餐或者随便凑合一顿，但是有了孩子就不行了；不能再随心所欲，一切言行都要先考虑是否会对孩子产生不好的影响，再也不能享受二人世界。

最重要的是，她觉得有了孩子，丈夫的重心将转移到孩子身上，会影响两个人的感情。

但是结婚之后，她改变了自己的想法，因为男生特别喜欢孩子。

因为爱他，看见他对孩子的温柔，自己整个心都柔软了下来，就想为他生一个孩子，看着他因此从男孩变成一个成熟的男人，然后两个人一起陪伴着小生命长大。

孩子是两个人爱情的结晶，是上天馈赠的礼物。不仅如此，孩子还是彼此生命的延续，融合着两个人的血脉，是联络夫妻感情的纽带，是对于夫妻两个人来说最有意义的事。

真爱一个男人，就应该为他生一个孩子。

这样，即使你不在了，在他老去的时候，还能有人像你一样，搂着他的脖子跟他撒娇；在他没有照顾好自己的时候，批评他不听话；天凉了，给他买温暖的衣服和鞋子，在他出门前亲手帮他系上一条围巾；给他买最爱喝的酒，做他最爱吃的菜……

生活的真相就是要你又笑又哭

曾经在网上看到这样一个段子：

一架飞机失事了，有一个人从飞机上掉下来。

好消息是那个人身上有降落伞，坏消息是降落伞恰巧坏了；

好消息是刚好地面有个草堆，坏消息是刚好草堆上有个钢叉；

好消息是那个人没掉在钢叉上，坏消息是他也没掉在草堆上。

读完这个段子，让人觉得哭笑不得，生活总是充满着这样那样的"惊喜",就像天气一样阴晴不定,时而晴空万里,时而乌云密布,时而东边太阳西边雨,让人猝不及防,又爱又恨。

这不由得让人想起范进中举疯了的故事:范进是一个书生,他一生当中都在不停地应试,考了20多次,也因此一直生活在贫困之中。他的岳父经常骂他"癞蛤蟆想吃天鹅肉",从不给他好脸色,也不让他进家门。

到54岁那年,范进终于中了个秀才,苦尽甘来。

范进中举之后,他岳丈的态度马上就变了,连忙改口称他为"贤婿老爷"。之前狗眼看人低的邻居也都对他前呼后拥,县令亲自来祝贺,乡绅给他送房子,这是以前从没有的事情。

但就是这样一件天大的喜事,范进在大喜之下过于激动,竟然疯了,好事变坏事,高兴变悲哀。

我有一个表姐,她的人生际遇和范进颇有些相同之处。

表姐上学的时候,成绩一直都处于不上不下的中等水平,一路不惊不险地升到高中。

以她的成绩想要考上本科无疑是件难事,为了给自己增加砝码,她决定走艺术生的道路,因她从小热爱音乐,就毅然决然地投入到了音乐这条路上。

高二文理分科后,就开始了艺术生的选拔。在那样一群要么五音不全,要么长得面目全非的生物里,表姐以强有力的外貌优势顺利地成为一名音乐生。

也许表姐天生有音乐天赋,相较文化成绩而言,她的音乐成绩一直名列前茅,牢牢占据班级前三的地位。

学音乐的日子里，表姐依旧保持着平稳的步伐。老师也说她很有潜力，全家人都认为这是一条正确的道路，似乎已经对表姐的未来看到了曙光。

终于到了艺考的时候，那段时间表姐的状态特别好。然而，生活不会让你一帆风顺，在平静的生活里总会投下了一颗激起涟漪的石子。

音乐生统考的决序方式看上去一点儿也不严谨，每个人的考试顺序居然靠电脑抽签决定，而表姐很不幸地抽到了最后一天，状态再好也耗不过"衰神附体"啊！

于是，时间充足的表姐就每天给同学陪考，替要考试的同学排队，给他们留出练习的时间。表姐一直在考场待了20多天，送走一个个考完的同学。

终于到了表姐考试的日子，暂且不提精神气都被拖没了，先说老天爷也不知怎的想不开，给她开了一个大玩笑——之前陪考的日子里一直活蹦乱跳、生龙活虎的表姐，就在考试前一天感冒了，而且来势汹涌，很快就发展成了高烧，嗓子都被烧得哑掉了。

天不遂人愿，带病考试的后果不言而喻，表姐最后的成绩是班里最后一名，勉强过了及格线。

最后在复读与升学之间，表姐选择了升学，上了一所大专院校。因为她家庭条件不是很好，觉得再复读一年不如到时转本，能够提前工作为家里减轻负担。

大学期间，表姐的成绩异常优异，连续3年拿到了奖学金。

但是生活的方向谁都控制不了，在表姐大二那年准备升本的时候，转本政策发生了改变，规定只有大三的学生才能参加。而且最惨的是，改革之后专升本的专业里没有音乐专业，升本的话只能走别的艺术专业。

但是，这些并没有阻挠表姐的脚步，大三那年她还是报名参加了考试。

皇天不负有心人，表姐如愿通过了考试，成绩超过分数线十几分。

但是天意从来不可测，兴奋并没有持续多长时间，因为在填志愿的时候，表姐发现，由于政策的限制，她所学的专业能填报的学校只有5所，自己虽然超过了分数线，但是并没有很高，真正能够被录取的只有一所——南京体育学院。

说到这儿，我不得不说一下：表姐的体格堪比林黛玉妹妹，从小在药罐子里长大，要她去学体育跟要了她的命没两样。而且这所学校是个三本学校，学费高昂。

综合种种，表姐最终放弃了升本的机会。

毕业后，表姐到了一所小学工作，做代课的音乐老师。虽然专业对口，工作也很轻松，但是工资太低。

表姐毕业的时候，正赶上音乐专业发展的大潮，音乐老师前所未有的空缺，很有前途。她决定考教师资格证，成为一名正式的音乐教师。

然而表姐刚做了这个决定，就从当高中老师的叔叔那儿了解到，本市招收老师的最低学历要求是本科，就算她考了教师资格证，也没有资格进编制，因为学历不够。

这无疑是一道晴天霹雳，不过表姐很顽强，并没有被打垮。本市不能考，她就到别的城市去考。幸运的是，恰巧邻市就可以，因为那里有一所较为出名的大专师范学院，要求相对而言宽松许多。

因为代课老师的工资低，在做了一个学期后，表姐就辞职了，找了一份跟专业不相关，但是薪资待遇很好的工作，边工作边业余学习。

经过一年的努力，表姐取得了教师资格证，接下来就是向着编制奋斗了。

可是，这一奋斗就是整整5年。

因为表姐工作做得很好，发展也很可观，所以不得不把重心一分为二。而且随着她的年龄越来越大，除了工作之外，她的感情生活也逐渐多彩起来，学习的时间逐渐减少。

表姐在她26岁时成了家，结婚之后，她变得更加忙碌了，要工作、学习、家庭三不误。

两年后，表姐怀孕了，小生命即将到来的喜悦让一家人都高兴得不得了。但是天公不作美，教师编制有年龄限制，不得超过28周岁，而表姐恰巧处在这条分水岭上，这一年，是她的最后一次机会。

万幸的是，老天终于决定放过她，让她抓住了成功的尾巴。

生活总是这样，在你高兴的时候猝不及防给你一个闷棍，又或者在你悲伤的时候突然冒出一个大惊喜，让你哭笑不得。

你开始一场谈话的方式，决定了谈话的结局

在生活中，你是否遇到过这样的情况：有人介绍一个朋友给你认识，但是这个朋友却一开口就讲些你所反感的八卦消息，或背后议论某个朋友的话。你立刻会对这种人深恶痛疾，决定以后和他划清界限。

又或者你迫于压力和一个陌生异性相亲时，对方一开口就不知道谈什么，只能单一地问：你家住哪儿啊？多大了？做什么工作？

别逗了，你妈喊你回家吃饭！

你说你会聊天吗？我不是来让你调查户口的！一听这开头，我就已经没有和你交谈的兴趣了好吗！就你这样的还想找对象，下辈子吧您！

朋友M和我说过一件小事。她长得非常漂亮，而且有气质，唯一的缺点就是脖子上的皱纹有点深。

M自己也知道这点，所以她一直在积极涂抹各种护肤产品。

有一天M走在大街上，被一个推销员拦下推销一套护肤

品。推销员观察了M一下说:"我发现你颈纹好深啊!"

M听了之后很是尴尬。虽然推销员说的是事实,但缺点被人说出来终归不舒服,尤其是美女有着一个不美的缺陷。

M当场就要走人,谁知推销员接下来又说道:"好像小婴儿一样,小孩子刚开始都婴儿肥,有点儿肉肉的褶皱呢。"

M顿时觉得轻松好多,笑道:"我也觉得自己是婴儿肥呢。"

呵呵,给你点颜色,你还真开起染坊来了。

推销员继续说:"我想,我可以让您出落成亭亭玉立的姑娘喔。"然后,便详细介绍起她所推销的护肤品。

M听得津津有味,最后一口气买了两盒回来。

不得不承认,推销员说话的方式让人非常舒服,让人能产生继续听她说下去的欲望。

试想,如果推销员当时说M跟老太太一样,那M的感受可就千差万别了,这场对话根本就进行不下去,更别想卖出去产品了。

虽说忠言逆耳,但是逆耳的话语,有几个人能真正的毫无反感地接受呢?懂得运用恰当的说话方式,你说的话别人才更容易接受。

在职场上,说话的艺术同样重要,有很多人就是因为不会说话而吃了很多不必要的亏。

小方是一家广告公司的销售人员,前几天接到一个任务,要去谈一项能给公司带来很大利益的合作项目,这关乎公司一整年的效益百分比。

第二天，小方就去拜访对方——某公司的经理。到了对方公司后，他才发现，另一家广告公司也在和他们竞争，还派来一名销售人员小路。

两人前后脚到的，由于对方的经理接下来还有会议要开，为了节约时间，经理建议三个人一起谈。

虽然不情愿，但是出于风度，也为了博得经理的好感，小方和小路都同意了。

坐下之后，小方首先开口，一上来就大体介绍了自己公司所具备的优势，从资金到人脉，从态度到经验，面面俱到，口若悬河——口气中满是对自己公司的骄傲，大有"你不选我们公司就是没有眼光"之意。

但是，经理却并没有表现出多大的兴趣，表情平淡，注意力一直没有集中，甚至还打了好几个哈欠。小方没了底，声音渐渐低了下来。

而就在小方滔滔不绝的时候，小路一直在关注经理办公室里的摆设，他发现经理旁边的书架上摆着好几本有关历史方面的书，比如《史记》《战国策》《资治通鉴》等，还有很多专门从事历史研究的名家著作。再看这位经理的办公桌上，也摆着一本翻开的《二十四史》。

小路灵机一动，在小方介绍完之后，站了起来，然而他并没有开门见山地大谈特谈公司的方案和实力，反而不经意地问道："我看经理的书架上有很多历史相关的书籍，您应该对历史文化很有研究吧？我家里也有一些类似的书。"

原本无聊之极，眼看着就要睡着的经理听到小路开口谈论历史，顿时来了精神："是啊，我觉得历史故事非常具有借鉴和参考意义，中国人世世代代留下来的智慧和思想非常有道理，就算今天拿来运用在商场上，也是一点儿都不过时。"

小路："我父亲也是一名历史文化爱好者，受他的影响，我从小就对中国的历史感兴趣，还曾经看过电视台播放的历史纪录片《中国通史》。

"可惜那时候小，没有耐心，总是看的不全，一知半解的，如果有时间的话，还希望能跟您请教一下。"

经理听了，立即变得非常高兴，直点头说："好呀，我一直都找不到志同道合的人，非常苦恼啊！"

于是，两人就像是遇到了知己一般侃侃而谈，把小方晾在了一边。

直到临走的时候，经理还颇有些意犹未尽，跟小路约好下次边吃饭边聊天，还说："下次，记得把你父亲请来，我们一起讨论讨论。"

当天，这位经理就和小路签下了合作合同。

在工作或生活的交流中，有时候，你可能会觉得自己是在对牛弹琴，鸡同鸭讲——你说得口干舌燥，事情却没有向你预想的方向发展。

也许你会觉得是对方太愚蠢了，理解不了你的意思。其实，不妨反省一下，可能是你谈话的方式有问题。

换种方式，会有不同的结局。

难以自持的人往往容易假戏真做

今年中秋回老家,发现原来的一个朋友海棠离婚了,问及原因,居然是因为一套房子。

海棠两年前就结婚了,老公是一个啃老族,婆媳关系也不好,老公耳朵根软,墙头草两边倒,没主见。

她老公没什么正经职业,还爱赌博,工资基本上都赔在里面。家里本来就经济紧张,而他总有一种一次性翻本的想法,越玩越大,两人为此两天一小吵,三天一大吵。

前段时间,海棠的婆家赶上了老城开发。为了能多分到安置房,婆婆跟儿子商量,让他和海棠去假离婚,因为多一个户口就能多分一套房子,等分到房子以后再复婚。

那时候他们已经有了一个孩子,海棠心想就走一个过程无所谓,于是小两口就去办了离婚手续。不得不感叹,一孕傻三年,古人诚不欺我。

离婚后,海棠就搬出来一个人住。几个月之后,果然分到了两套房子,都被写在海棠老公的名下。

原来住在同一个屋檐下时,海棠总是管着老公,不让他去赌。离婚之后,男人算是没人管得着,就一夜回到了解放前。

重回自由之身后,海棠老公似乎又尝到了单身的甜头,无人束缚的自由感使得他跟海棠的关系也越来越冷淡,越来越紧张。

再加上婆婆的煽风点火,不停地吹耳旁风,对于海棠提出搬回去的要求一拖再拖,每天基本都不和她说话。而且她老公赌得越来越凶,为此两人大吵了一架,男人吵架的时候说了一句:"不用你管,我们已经离婚了。"

这一句话让两个人都有点懵,男人自己也有些不可置信。没错,虽然两人都知道这是假的,但是在不知不觉中已经被当真了。

前几年,租个女朋友回家过年的热潮风靡一时,同事王超搞时髦也来了一出。

王超是个性格比较懦弱,心志不坚、摇摆不定的人,但是工作非常努力,一个人在外地打拼了将近10年,一心忙于事业,找女朋友的事情就被一拖再拖。

王超的父母为儿子的婚事操碎了心,急得心急火燎的。

每次王超好不容易回趟家,父母亲戚一大家子人就得挨个盘问他。七大姑八大姨的你一句我一句,催他赶紧找个条件相当的姑娘定下终身大事,要是没有合适的,手头一大群姑娘等着他去相亲呢。

今年过年,正赶上王超奶奶80岁的生日。

王超从小是奶奶一手带大的,为了给奶奶庆祝生日,买了一堆礼物，揣着攒下的积蓄准备回老家过年。

回家的前几天，王超的父亲打来一个电话，问他什么时候能到家，附带"每次一催"，告诉他什么都不用往家带，只要带回去一个儿媳妇就行。

王超的母亲最近身体不大好，要是看儿子的终身大事还没着落，一上火恐怕病情要恶化。王超当时一着急，慌不择言，说自己在这边已经有了女朋友。

父母一听大喜过望，一定要儿子无论如何将姑娘带回家看看。

没办法，话已经说出口了，现在全家人就等着自己带个女朋友回家去，但是上哪儿去找个女朋友啊？难不成指望天上掉下来？

无奈之下，王超觉得只能找一个假女朋友了。他想起来可以在网上租一个女朋友，于是通过网站发布了租女友的信息。不止如此，还在身边的朋友圈里广撒网，希望朋友能给他介绍一个靠谱的姑娘。

很快，网站就做出了回应，给他匹配了一位姑娘。

见面之后，女孩自称叫罗娜，今年刚毕业，还没找到合适的工作，怕过年在家被父母念叨得耳朵疼，就想出来躲个清静，正好还能挣点钱，反正自己又不亏。

女孩子长得很清秀，看上去就让人感到很舒服，而且为人爽朗，不扭捏。王超觉得她的性格很合适，便跟她签订了合同。

王超的如意算盘是：带着租来的女朋友在家待个两三天，

就以工作为由和假女友回来,然后跟女孩"拜拜",从此再也不见。以后父母问起,就以性格不合为由说两人分手了。

回家的路上,王超就和罗娜串起供来,生怕到时说漏嘴。在问到罗娜的平时爱好时,女孩说自己喜欢看书,不论是图书馆还是书店,一待就是两三个小时。王超有点兴奋,他也喜欢去书店蹭书看。

除了看书,罗娜说她还特别喜欢小动物,家里养了好几只狗,就因为这个,妈妈没少说她。

王超觉得罗娜很善良,对她逐渐有了好感。

罗娜刚进家门,就甜甜地叫着"叔叔、阿姨好",表现得非常专业,喊得王超父母心里美滋滋的。而且罗娜很勤快,除夕当天,主动到厨房帮王超母亲洗菜做饭,陪她聊天。

王超对罗娜感到非常满意。

人算不如天算。假女友心灵手巧,讨得全家人喜欢,本来只打算待个两三天的,结果父母硬是不让走。

大年初二,一家人到王超舅舅家吃团年饭。

舅舅要罗娜喝点酒,王超想到之前罗娜曾说过自己不能喝酒,便全力阻止,把气氛弄得很尴尬。这时罗娜站起来,端起一杯酒祝舅舅新年快乐,然后一口气干了,豪爽的性情引得大家都拍手称赞。

罗娜果然不胜酒量,一杯就倒了。

罗娜喝醉后,王超细心地给她的额头擦汗,照顾她,看着她通红的脸庞,他觉得自己好像心动了。

春节过后，王超带着罗娜回到了工作地。结算完账目后，罗娜大方地跟他说再见。

但是，王超好像还没从戏里走出来，当初说好的再也不见变成了他的不断"偶遇"。他甚至每天都发短信给罗娜问候，时常约她出来吃饭看电影，俨然把自己当成了正牌男友。

王超想假戏真做，可惜该配合他演出的罗娜视而不见，至今他还在演一个人的独角戏。

容易假戏真做的人，往往分不清真情与假意，入戏太深，被一丁点儿的情绪所左右，就会沉醉在戏里难以自持。

摆脱了拖延症，你也做不成什么大事

莉莉最近打电话跟我诉苦，说自己的拖延症没救了——老板给她下了最后通牒，再晚交报表就开除她。

莉莉觉得自己的自我认知是很高的，对自己的优缺点了如指掌。她也常吐槽，天气冷了一直说着要添衣服，直到冻感冒了衣服依然压在箱底；购物车里收藏的宝贝，一直拖到失效都没付款；一直嚷着要去吃的那家馆子换了店名、换了老板还没吃成；说好要交的论文，在截止日期当天才发到导师的邮箱……

所以，她明确知道自己患有"拖延症"，一种所谓大多数现代人有的通病。

说到这里，我们首先要明确一个概念。

拖延症肯定会导致拖拉，但并不是所有的拖拉都是拖延症。这里，把国内外研究拖延症的权威给出的各种解释高度凝练一下，概括为：拖延症，是指明知结果有害并且可以避免的情况下，仍然把事情向后推迟。

重点在于，构成拖延的条件是后果有害且本可避免。也就是说，那些没有造成恶果或者本来就无法避免的延迟，是不能称为拖延的。

比如，学生时代，勤奋的你给自己定下一天背100个单词的目标，但是你的实际能力，注定了你每天只能记住30个单词。

那么，一个星期下来，你发现自己落下了几百个单词没背，震惊过后你开始自责、悔恨，更加发奋努力。然后，下个星期继续恶性循环，于是乎，你怀疑自己患上了21世纪发病率最高的"绝症"：拖延症。

实际上，一天背100个单词本来就违背了你的能力，背不下来是无法避免的。这种违背人性的推迟并不足以夸大为拖延症，只能算自身能力不够。

其实严格来说，医学上压根就没有"拖延症病"一说，它属于大词小用现象，把专业概念拿来用于日常的自我戏谑——真正的没病找病，真是活得久了什么都能见到。

但在如今社会，如果你没得拖延症，你都不好意思跟年轻人坐一块儿愉快地聊天。

朋友小小整天嚷嚷着自己已经病入膏肓，无药可救了，嚷嚷着拖延症给她带来多大多大的危害，买了好几本关于摆脱拖延症的书，至今却一本都没看完。

鉴于现在这份工作任务清闲但薪资可观，小小坚决不放过这条大鱼，决心改掉拖延症，并且在朋友圈直播，要求我们共同监督她。

我曾因某个原因在她家住过一个周末，有幸见到了她一天的生活状态。

早上睡到九点快十点太阳晒屁股了才起床，刷牙洗脸时抱着个手机，看几分钟手动一下，磨磨蹭蹭再化妆共用掉近一个小时，然后决定早饭午饭二合一。

中午时候，有电话通知快递到了，她决定先吃完饭再去。结果下午下雨了，就推到明天去取。

午饭吃完后，把自己往沙发上一扔，电脑开开，美其名曰找资料。一会儿缺个东西找半天，一会儿上个厕所，一会儿肚子饿了找吃的，一下午的时间消磨过去，文档上还是一片空白。

到了吃晚饭的时候，一开冰箱才猛然想起，早就说要去买菜却一直都没去，冰箱早已空空如也。让她出去吃吧，嫌麻烦，这么晚了还得换衣服，又磨蹭掉几分钟后决定叫外卖。

终于拖到睡觉的时候，说好敷个面膜就睡。撕个面膜的时间，眼睛还得盯在电视上，非得拖拉到半夜才能睡觉。

第二天又把昨天的模式复制粘贴一下，除了快递——她以单独跑一趟太烦人的理由，决定等逛街的时候一起取了。

不过通过对朋友圈更新的内容来看，小小确实进步了不少。

首先她能正确认识到拖延症的危害，然后正视自己的错误，打心底认为拖延症是个不好的习惯，真心地想改掉它，并且意识到：这种拖延是完全没有必要的，就算拖到最后，也没有人会替你去完成。

另外，她给自己制订了严格的计划表，每天把要做的事情都写到清单上去，严格遵循，时刻提醒，还将重点特别标注出来。虽然完成率有些惨不忍睹，但是做了总比不做强，不是吗？并且能改变自己的态度和心态，努力让自己爱上工作。

然而，当局者迷，旁观者清。

其实，小小并没有真正认清自己的缺点——拖延症是果不是因，不是因为你有拖延症才导致你拖拉懒惰，注意力涣散，而是由于你的懒惰、贪图享乐才致使你有拖延的毛病。

小小并没有看到自己整天哀号着忙忙忙，工作时间不够，却有时间娱乐休闲；下班时工作还有一点就要完成了，因要耽误自己的时间而推到明天，却能跑到距离家5公里以外的一家餐厅去吃饭也不觉得浪费时间；也没有意识到最后勉强完成的工作之所以一般般，不是由于时间紧张，只是自己能力有限，只能做到这样。

所以，最终的结果还是，小小被辞退了。老板给出的理由是：拖延可以忍，毕竟不是你自己的公司，不是你自己的事业，没人会始终保持着热情和激情，但是辞退的原因并不是这个，其实只是能力问题。

每当你错过良好的机会或搞砸某件重要的事情时，你都会用拖延症来安慰自己：不是自己没能力，是自己太拖拉，没时间——你以为自己因为拖延症而不能成大事，而当你改掉这个所谓的拖延症，你就会发现，并没什么不同。

开玩笑，没了拖延症，你以为你就能成大事了？

看看街头随处可见四处吆喝卖小吃、卖早点的人，他们勤劳努力，绝没有拖延症这种故作呻吟的病，然而他们仍旧只能做个小商贩，推着活动车风吹日晒，没有体面的生活，因为他们的能力决定了自己的这种生活。

摆脱了拖延症，还会有各种其他的"病"找上门来，拖延症只是你为自己懒惰、贪图享受或能力不足找的借口罢了。

一个优秀的人从不需要刻意的证明

我们经常能在武侠小说里看到这样的剧情：那些真正的武林高手不到最后紧急关头从不轻易出手，比如扫地僧；那些急功近利想要证明自己，整天挑衅的人都是炮灰，比如慕容复。

小学时，我有个音乐老师姓李，非常年轻气盛，刚从学校毕业就到了我们学校来实习。

当时几乎没有专业的音乐老师，那时的音乐课都是主课老师顺便带着上，宽松一点的老师还能用录音机给你放几首歌曲听，碰到严厉的，音乐课就直接被占用拿来上主课。

李老师来了之后，班里所有人都非常兴奋，第一次看到钢琴、摸钢琴的记忆至今还记忆犹新。

当时我们小学在整个市里都是有名的，是重点学校，因此有了专业的音乐老师后，校领导就张罗着由李老师建立一个合唱团，培养成我们学校自己的特色。

领导和李老师一商量，李老师觉得这是一个表现自己、证明自己实力的好机会，做好了说不定就能直接留下来。于是他不仅同意了，还提出建议在"六一"儿童节那天举办一场演出——不仅仅是合唱，乐器演奏、独唱、舞蹈一套全来，全部由他来操办。

领导欣然同意，寄予厚望。如果李老师当时能稍微理智一点，不要急着表现，也许能防止泄露自己的经验不足。

鄙人不才，凭着音高的优势被李老师选上了，那简直是我人生里最惨不忍睹的回忆。

上第一节课的时候，李老师一开嗓就把我震住了——真是"此曲只应天上有，人间哪得几回闻"啊！这样一个公鸭嗓真能唱出电视里那种洪亮的男高音吗？所幸抱有这种想法的人不止我一个，班主任代我提出了这个疑问。

李老师很淡定地答道："我主修器乐，声乐没有具体接触过，纯属自修。"

是我耳朵有问题，还是你脑子"瓦特"了？你说给鬼听，鬼信吗？但是，当时无知的我们深以为然。

在历时两个多月的折磨里，除了耳朵遭受了惨无人道的摧残以外，再无别的收获。不过李老师的钢琴弹得着实不错，一首《卡农》弹得行云流水，只不过从没听他弹过第二首曲子。我的表姐从小就在一个老师家里学钢琴，在她的熏陶下，我虽然不会弹，但起码的鉴赏能力还是有的。

但是在教学方面，李老师的能力实在让人不敢恭维。在教别人练琴时，经常前后矛盾，前言不搭后语，哪个知识点教过，哪个知识点没教自己都记混了，简直错误百出。就在即将表演的前三天，服装、节目顺序都还没搞定。

学校为了壮大声势，特意邀请了市里有名的专业人员来观看，结果舞蹈的走位、乐器与歌曲的搭配被批得一无是处。李老师只能灰不溜秋地挨训，从此老老实实上课了。

当你想证明自己的时候，精力就放在了自己的表现上，或者说脑子里想的是自己在别人眼中的样子，这样就不会显得自己好笨。

但最重要的是结果啊！当你想竭尽全力证明自己的时候，还有多少精力放在本身的事情上呢，估计离失败也就不远了。

想拥有聪明人的欲望，会让人变得喜欢争执，喜欢咄咄逼人地证明自己是对的，它也使人变得固执和盲从。这种人一旦发现别人不懂就穷追猛打，抓住小辫子不放，教育这些不懂的人，却没发现自己有多么无知。

爱叫的狗不凶，越做表面功夫，就只能证明你内心的空虚。

不知道你们有没有遇见过这样的朋友：少年老成，成熟稳重，看上去就特别可靠，平时行事低调。每当遇到一个天大的难题时，他就能变成一个救场的存在。

我就曾经有过这样一个同事。

在大大小小的会议中，总有那么一些人热衷回答领导的提问。领导提问的时候，不论什么问题，都会立即做出回答，好像抢答有奖似的。

我这位同事，一般情况下，简单的问题他从不在乎回答，只有碰到很难解决的问题，别人都没有思路的时候，他才慢慢悠悠地站起来，然后脉络清晰、有理有据地说出自己的方案。

每次回答完，领导看他的目光都会和善许多，脸上露出满意的笑容。

公司每年都要举行一场篮球比赛，每年的参赛人选都要让部门经理头疼半天，每每都要借用领导的威严去施压，或者奖金诱惑，否则根本没人报名。

这位同事平常从不和人一起打球，体育活动表现并不突出，但最后实在是无人可用，领导只能威胁他报名参加。

许多人根本不看好他，因为作为一个男生来说，他太过于瘦弱了——不过，当他在赛场上跑出风一般的速度，并且轻而易举地投中一个三分球后,同事们惊愕的表情瞬间凝固了,继而爆发出热烈的欢呼声。

所以说,真人不露相,真正的牛人都是不显山不露水的。

被人记住,总是好的

我有一个同学强子,因为出生在小县城,家庭经济状况不好,读大学前几乎没有踏出小县城一步。

强子从小就非常努力学习,一路从当地最好的小学、中学一直上到重点高中。街坊邻居、亲戚朋友都说强子是读书的好苗子,天资聪颖——其实强子并不很聪明,一路走来全靠勤奋。

小时候,强子就听别人说北京是首都,是全国最好的城市。后来他在电视里看见北京的繁华,就在心里默默地告诉自己,以后一定要去北京。

对于强子而言,北京就是他的信念,也是他为之努力的目标,总能在他快要放弃的时候给他力量。高考志愿,强子全都填了北京的学校。最终成绩不负众望,他被第一志愿录取了。

来到北京后,强子亲眼看到只在电视里见过的肯德基、麦当劳，发现安踏和特步不是最贵的品牌。他还一直想不通，为什么北京的冰棒都那么贵——呵呵，因为它叫哈根达斯啊！

而在这座灯红酒绿的大城市里，强子也遇见了自己心爱的姑娘。他喜欢上了同系的一个女生，女生是在城市里长大的，高挑洋气，长得漂亮，还多才多艺，在系里非常受欢迎。

强子以前只顾着学习，从未有过类似懵懂的暗恋，这个女生是他第一个喜欢的人。

俗语说"女为悦己者容"，其实男生也不例外。

由于从小心思只在学习上，强子不会打扮自己，就那么两三件衣服换来换去，有时候会忙得忘记刮胡子，看起来像个邋遢鬼。

现在有了暗恋的对象，强子开始注意自己的外在，虽然买不起名牌，但是他把T恤衫、牛仔裤穿得清爽白净。虽然没有多余的钱做发型，只留着小平头，但他每天都把头发打理得很干净，每天都刮胡子，至少看上去像个人样了。

在没有喜欢上女生之前，强子白天上课，没有课就偶尔到外面去兼职，晚上是固定有兼职的。现在不同了，他把晚上的兼职辞掉了，把时间分成两半，一半时间去体育馆锻炼身体，另一半时间去图书馆看书，远远地陪着女生。

要不都说红颜祸水呢，这少赚多少钱啊！

大概不到半年的时间，强子把自己从一个一心只读圣贤书、两耳不闻窗外事的书呆子变成了运动男孩。

肌肉练出来了，脸上也棱角分明了，但他还是觉得自己不够好，配不上女生，始终默默地付出和改变。

不得不说，他还是挺有自知之明的。

看到这里，你一定觉得这是一个励志故事吧，小说里有太多这样的例子——喜欢上一个人，并且为之努力变得更好，最后幸福地在一起了。

但现实是，在强子为了女生努力的那半年里，有个男生比他先表白了。最后，女生和那个男生在一起了。

不是女生薄情或者残忍，而是在女生眼里，强子的存在感实在太薄弱，她甚至都不记得强子的名字，更遑论知道他的心意了。

强子说他非常后悔，他觉得自己穷，配不上别人，所以他觉得自己应该努力赚钱，努力健身，当自己有底气，有能力去爱一个人的时候再表白心意——在这之前，他只要能每天看见女生就够了。

但是，结果他错了。

因为他不敢尝试，连追求的机会都错过了。他当初就应该放手一搏，大胆说出自己的心意，就算被拒绝了，至少也在女生面前露了脸，不至于现在这样，女生连他是谁都不知道。

我对强子说，你看每部电视剧里都会有这样的桥段，反派对主角爱而不得后，总是不会干脆地放手，必须要由爱生恨，黑化之后尽情地虐主角一顿，而且伴随着经典台词："我要你时时刻刻想着我，这辈子都忘不了我，哪怕是恨！"

你要不要效仿一下？

强子还真的认真思考了一下，暗暗比较了一番自己跟大boss的差距，最后无奈道："微臣做不到啊！"

再说说我那位当老师的大伯。

这世上有两种老师，一种是你一辈子记得的，一种是你怎么想都想不起来的。而你能记得的，多是一种大体的印象：这个年级的老师温和亲切，那个学科的老师严厉狠毒。

但是能够让你一辈子记住姓名、长相的老师，99%不是一位你认为的好老师——他必然是在你的学习生涯中，让你咬牙切齿，恨不得提拳暴打一顿的。

我大伯当仁不让的就是这一种，被他教过的学生都有一个共同的感慨，觉得自己好像是后妈的孩子，只有错，没有对。

借着家里有老师的便利，每晚放学后我都留在大伯的办公室写作业，以便随时请教。就这样，我看到了一些不该看到的事情，这差点给我的童年留下阴影。

大伯对工作非常尽责，对于学习成绩不好的学生，每天都单独留下来给他们辅导，但是本该师徒情深的画面，却从来只存在美好的想象里。

大伯的真实性格是很和善的，在家时总是笑吟吟的，但在学校里他似乎变了一个人，面色永远阴沉得像暴风雨的前兆，对待学生极其严格，只有惩罚，没有奖励。

像别的老师根本不在意的小事，比如学生偶尔乱丢一次垃圾，上课时不自觉转个头，写作业时粗心漏写了一个字，在他眼里就能夸张成弥天大错，非把你骂个狗血淋头不可。

其实这样做，大伯自己也很累，每天回到家感觉精气神都被熬干了。

大妈曾经劝大伯：不必给自己太多压力，不要把责任全揽到自己身上，再严格，学生也识不了你的好。做个宽松的老师，睁一只眼闭一只眼不是很轻松吗？为什么非要做一个恶人呢？

大伯语重心长地说："这不仅仅是为了学生好，我也是为了自己。豹死留皮，人死留名，一个人光溜溜地来到这个世界，最终还会赤条条地离开这个世界，我什么也带不走，那么，现在我至少要留下点什么。"

现在大伯家里总有以前教过的学生前来拜访，一提学校里的某某老师，总能从犄角旮旯里钻出一个人说："那是我老师。"同学间聚会提到最多的老师，说的也都是大伯的事情。

时间能抹平一切，一个普通人存在的痕迹不过三代人，百年后，世间再无人知晓你的存在，就像尘埃一样随风而散——那样，人活一世有何意义？

不能流芳千古，也要遗臭万年的说法虽然有些夸张，但不论是为了爱情还是名利，被人记住，总是好的。

第四章
北京凌晨五点半

> 北京凌晨五点半
> 很多生理问题，首先仅是心理问题
> 人生不过是可怜之人与可恨之人的来回切换
> 钱多不一定会拥有快乐，但是钱少一定不会很快乐
> 万事如意的前提是，得有钱
> 越长大，越迟钝；越多情，越该死
> 要个性你还不够格
> 比你漂亮还比你努力，比你丑还比你幸福
> 你只是讨厌看见不够理智的自己
> 贵族就是至死都要维持体面与尊严

北京凌晨五点半

陈东大学毕业后,应聘到北京一家企业工作。

他起初壮志满满,誓要做出一番惊天大事业,但是壮志未酬身先死,仅仅早起这一关就把他撂趴下了——好不容易从高中生进化到大学生,可以一觉睡到太阳照屁股的日子还没享受几年,光阴还没虚度够,又光荣地成为了一名上班族。

每天早上早起,对陈东来说都是一件无比困难的事,要等闹钟响了无数次之后,才迫不得已地起床,手忙脚乱地梳洗好之后,睡眼蒙眬地被迫加入一场公共交通的竞争。

这种时候,管你是西装革履还是妆容精致,到了站台前,都是待下锅的饺子,还是自己主动求煮的那种——每个人都不得不在站台前奋力拼搏,力争上游。

每次,在车门即将关闭的最后几秒内,陈东施展出凌波微步加缩骨功,在最后关头成功挤入车厢的最后一丝缝隙内,然后看着车门擦着他的鼻子关闭。

在这场以上车论英雄的比拼中暂时领先,然后,终于在被

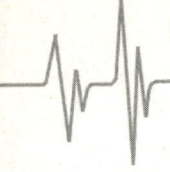

挤成锅贴、熨帖的西装变成了柿子干时得到解放,每次从车上下来,陈东都觉得自己瘦了好多。

一路过五关斩六将,陈东狼狈不堪地抵达公司。

他终于赶在最后一分钟打卡进了办公室,有时候时间没有把握好,连早饭都来不及吃。然后,他下定决心明天一定要早起,结果第二天同样如是。

等到他进入工作状态一两个小时后,老板才悠悠开着车,神采奕奕、光鲜亮丽地踏进公司。

血淋淋的残酷对比,让陈东立马就丧失了工作的热情。

陈东一心想在事业上能有所作为,所以一直兢兢业业,小心翼翼地对待着工作,每天起得比鸡早,睡得比狗晚。

可是,每天当他哈欠连天到达公司,工作了好久才看到老板慢慢悠悠地走进来,就不由想到:等到自己从青年熬到中年没准还是个小小的员工,依旧在每天老板躺在舒服的被窝里呼呼大睡时,早起与公交车赛跑——晚几分钟就得等下一班车,下一班车什么概念?

十分钟!

十分钟是什么,是全勤奖,是钱!

陈东越想,越觉得非常不公平:"我每天卑躬屈膝、起早贪黑的,对领导毕恭毕敬,对工作认真负责,累得跟条狗似的,却还是得不到领导的赏识。

"做得越多错得越多,我辛勤付出,结果换来的却是领导的嫌弃,同事的疏远,这样下去还有什么希望?

"我为公司付出了那么多，结果每月还是拿着那点死工资，而老板每天睡到日晒三竿，想来就到公司转一圈，不想来了，就约着两三好友吃吃饭、喝喝茶，打打高尔夫，怎么舒适怎么来。

"老板说几句话，勾一勾手指，分分钟挣的钱就抵得上自己一个月拼死拼活挣来的，凭什么呢？凭什么老板拿着员工呕心沥血想出来的创意去挣钱，没有我们这些员工他拿什么赚钱？凭什么上班族就得早起，老板赖床就是天经地义？"

为此陈东曾问过自己的老板，老板笑了笑，跟他说："上高中的都能考上北大清华吗？上北大清华的都能做出成绩，名利双收了吗？努力不一定有回报，但是不努力一定没回报。你现在看我悠闲自在，其实，我是在把当初透支的时间补回来。"

一年之后，陈东从公司辞职，自己出来单干，他觉得自己终于要摆脱早起的噩梦了。

可是当了老板之后，他才发现，能够当个早起的上班族简直是人生一大幸事——因为当了老板后，他连早起都是件奢侈的事情。

你有见过清晨五点半的北京吗？

创业初期，陈东每天都被压力压得睡不好觉，因为他一个人要身兼好几个岗位的工作：装修工、清洁工、打电话联系客户、亲自跑单、招聘，全都只能自己干。

从早上上班到晚上8点，就只有中午吃饭的时候挪一下位置，有时甚至连午饭都要在办公桌上解决，其余时间都是不停地干活；一个项目让员工跟踪了整整一个月，最后还是要自己动手；每天都是加班加班加班，恨不得吃喝拉撒睡都在公司。

每天早上四五点就醒了，半梦半醒地爬起来，往往这时才发现，原来昨晚自己不是在床上睡着的。

机械般把房间的灯打开，强迫自己睁开眼，眯着眼穿衣服，洗漱，无意识间已经抓过公文包，在一没私家车，二没公交车的情况下，苟延残喘地蹬着自行车，摸着黑跌跌撞撞地跑到公司。有时在等红绿灯的时候都能睡着。

靠着咖啡支撑，迷迷瞪瞪修改合同的时候，看着自己辛辛苦苦养着一群吃白饭的，他们每天都是伴着晨光有说有笑地来上班——他不禁想起自己当时怎么就那么不惜福，那么傻呢！早起一会儿怎么了？比没得睡强吧？

就这样，一个月，两个月，半年，一年……

四年后，陈东终于多年的媳妇熬成婆，虽然把自己从之前秀恩爱的状态熬成了单身狗，把28岁的脸熬成了40岁，但公司终于走上了正轨。

他终于可以睡懒觉了，这个时候他才明白：催促你起床的不是梦想，是贫穷。

如果你将打工视作为创业做准备，做积累，那么，钱算个什么东西？早起又能算多大的事？学到本事，积累到人脉，这才是最重要的。

只有蠢材才去抱怨老板。

老天总是公平的，老板早起，那是因为每一个老板都是从上班族熬过来的，他们曾经比你起得更早，过得更苦。

一定要记得，宝剑锋从磨砺出，不经历风雨怎么见彩虹。

现在正在看这篇文章的人，就说你呢——看完之后就该干吗干吗去，抱怨太多也没用。

该早起还是得早起，没办法，早起的鸟儿才有虫吃，你现在不早起，以后怎么去赖床呢？

很多生理问题，首先仅是心理问题

因为工作原因，我去外地出差，正好和一个好久不见的朋友阿秀见了一面。

自从她结婚那天见了一面，到现在有几年了。

再次见到阿秀，我心里很是高兴，更多的却是不解：她的情绪有些不稳定，很没有精神的样子，面容憔悴，说话有气无力的，看着也很瘦，一见到我话还没说就先哭了出来。

好不容易等她情绪稳定下来，我才小心翼翼地询问。

原来，阿秀自从结婚后就安心在家相夫教子，一直没有参加工作。可能是孩子上小学了，不再时刻需要她，她开始觉得生活没有了重心，于是就萌生了"立业"的想法。这个想法刚一冒出就立刻激起了她的斗志，恨不得马上投入到工作中去。

阿秀在学生时期成绩就一直很好，又很有魄力，一直是我们学校的风云人物，崇拜者不知凡几，那时我们一度以为她将来会成为一名出色的女强人。

后来得知她拒绝了实习公司的高薪聘请，毕业就步入婚姻的殿堂，而后又做起全职太太，完全不像她的风格，让我们这些老同学确实疑惑了好一阵子。

现在，为了让自己重拾往日的风采，阿秀经历了种种辛苦，最终凭借学生时期积累的知识，加上自己事先又参加了培训课，成功进入一家外贸公司，做起了一名普通的职员。

虽然是小职员，但是阿秀一直坚信自己找到了主场，只要努力，肯定会一步一步走向人生的巅峰。因此，她在工作中非常认真努力，想要证明自己，即使是脱离社会已久，也还是会变回曾经的风云人物。

为了能够重铸辉煌，阿秀在新工作上投入了大量的精力和信心，常常不吃不喝忙到深夜，然后睡几个小时又开始继续工作，身体一度坚持不住。但她还是坚信自己仍然年轻，这点小问题根本不足为惧，有时候头疼的坚持不住，吃个药立刻就回归工作中，一刻也不放松。

两个月前，公司接了一个重要项目，阿秀是这个项目的主要负责人。但是，由于她之前一直高消耗的持续工作，身体状况变得很糟，甚至很多次因为身体强度负荷不了，不得不去医院输液。医生也建议她多多休息，不要太过劳累。

但阿秀一直是个好强的女人，再者她脱离社会很久，要是不努力，肯定会被那些热情开朗的年轻大学生比下去，到时候她再想努力恐怕就晚了。因此她并没有放弃自己的工作，相反，她更想向别人证明自己即使身体不适，但仍然能力出众。

为了项目能够顺利进行并且证明自己，她常常加班到深夜，不断地对策划方案进行审查和修改，想要设计出一个完美的方案。结果没几天，她就开始出现精神疲倦，策划方案常常看不下去，盯着电脑的时间一长就头疼欲裂，甚至有时候饭也吃不下，还出现呕吐的现象，但是她还没有放在心上。

就在提交方案截止的前一天晚上，阿秀和同事一起整理资料，准备明天一早在开会时拿出最完美的方案，结果在起身的时候，眼前一黑栽倒在地。

之前高强度的工作，终于在不知不觉中压垮了她的身体。在她恢复之后，回到公司继续工作，却发现自己再也没法静下心来认真策划了——只要一对着电脑或是思考超过两个小时，就会头疼得厉害，内心也潜伏着一股戾气想要发泄。

时间久了之后，领导也发现了不对劲，只能委婉地劝退了阿秀。

阿秀一下子好像失去了生活的重心和支柱，本来在公司业绩不错又不断升职带来的自豪感一下子化为乌有，这让她有点接受不了，甚至深受打击，感觉人生充满了黑暗和恶意。

等到她发现自己可能患上抑郁症的时候更加无措，每天躲在家中不敢出门，家人也非常忧心，但是又不知如何帮助她。

其实，现在很多年纪轻轻的职业人常常因为工作上的压力、敏感，导致工作时间加倍，睡眠时间不足，免疫功能开始失调。第二天上班的时候，精神状态不佳，老是走神，注意力不集中，时间长了工作就开始出现错误，情绪开始不稳定，提到上班就会产生逃避的心理，工作上也会感到过度压抑、抗拒。

如此恶性循环，后果不可想象。

心理压力过大，却没有得到及时的缓解，导致身体机能在对自己进行抗议和排斥。很多有这种症状的人通常在企业身居要职，他们工作的压力非常之大，所以生理和心理上开始出现矛盾。

听了阿秀的经历之后，我又想起自己公司之前的一位实习生小杨。

小杨是个看起来非常柔弱的女孩子，似乎承受不住任何工作的压力和折磨，在公司工作不到半年就辞职了。

公司虽说工作压力不大，但是业务繁忙的时候还是会忙得焦头烂额，不过老板体谅我们，加班补贴很不错，所以相比较而言，公司的工作氛围还是很好的。

一般情况下，办公室对于新人还是很宽容的，小杨刚来的时候，由于柔弱的外表俘获了众多"女汉子"的心，常常在她身体不适的时候帮助她完成工作。

记得那时候，小杨不但三天两头感冒、发烧、头疼，加上女生每个月的生理期，几乎一大半的工作都是同事帮着一起完成。

时间长了，大家也发现她的"公主病"实在严重，毕竟每个人都有自己的工作，实在顾及不暇，何况发烧、感冒仍然坚守岗位的同事大有人在。

自从发现自己请假的时候领导不再那么爽快地批准，同事也不主动帮忙的时候，小杨就开始对我们产生了不满，甚至怀疑我们在排挤她，常常一副凄然欲泣的表情，好像自己受到了不公平的待遇。

后来和一位同事闹得不愉快之后，她第二天便辞职了。

同样是工作，有的人不顾自己的身体状况强行坚持工作，有的人因为一点小伤小痛就要请假去医院，其实都是受心理问题的影响。

适当地放松自己，听听歌，散散步，缓解一下忙碌的生活，让节奏慢下来，让身体好好休息一下，你会发现很多心理问题都会迎刃而解。

人生不过是可怜之人与可恨之人的来回切换

今早上班，发现坐在我隔壁的同事王颖面色不善，一副旁人勿近的样子。

我们办公室里人数不多，年纪也都差不多，感情比一般同事要好得多。

王颖为人仗义又热情，不论同事遇到什么问题，只要她能帮忙的地方就绝不含糊，平时下班出去小聚一下也都是她号召组织的，基本算是我们办公室的领头人物，同事都很喜欢她。

公司是做广告策划的，前不久因为业务拓展，人员紧缺，公司又招聘了一些员工。

我们办公室新来的员工正巧是王颖的学妹，一副热心肠的她立刻"认起亲来"，于是两个人的关系突飞猛进，每天形影不离，学妹有什么不懂的地方或者不会做的工作，王颖都尽心帮忙。

今天一看这位学妹没有和王颖一起吃午饭，我们就有点纳闷了，追问之下才知道具体情况。

要说王颖对于这位学妹的照顾是有目共睹的：学妹刚毕业就进入公司，起初根本适应不了公司的高强度工作，工作十有八九是完不成的，需要经常加班加点，往往结果还不尽如人意。

看着学妹哭红的眼睛，实在可怜，王颖每次都留下来和她一起加班，指导她工作，但下次还是会出错，小姑娘因此惴惴不安，焦头烂额。

王颖也急，毕竟领导看学妹是越来越不顺眼，只怕再出错就要被辞退了。

前不久公司接到一个重要客户的订单，领导发话了，谁能把这个订单完成好，就给谁升职加薪。王颖就让学妹协助自己一起完成策划,也想给学妹一个机会,让她能够快速成长起来。

在这个竞争激烈的年代,想要在职场中占有一席之地还是要靠自己的努力和奋斗,靠别人的帮助是长久不了的。

之后王颖就每天和学妹一起策划、讨论,常常加班到半夜。王颖是真心想要帮助学妹,工作起来特别卖力,新点子是一个一个地往外抛。

共事这么久,我们对于王颖的能力都是非常钦佩的,大家都觉得只要学妹跟着王颖好好学习,这单生意要是成了,老板肯定会留下她,运气好说不定还能提前转正。

可惜人算不如天算,算来算去也算不到人心。

本来今天是交稿日,但昨天晚上,学妹竟然拿着王颖的策划方案提前去找了经理,并且向他汇报这个方案是她自己一个人想出来的,决口不提王颖的名字。

今天早上,王颖拿着策划案去找经理的时候,话还没来得及说,就被告知学妹早已将稿子交来了,大家非常满意,只等客户过目之后就可以尽快实施起来。

末了,经理还夸奖王颖,说学妹在她的指导下进步非常快,现在已经能够独当一面。

事后,王颖找到学妹,听说两人大吵了一架,具体情况我们不得而知。

不管学妹是否有什么其他的苦衷,但是窃取他人的想法和方案据为己有,甚至以此来巩固自己的职场地位都是不值得同情的。

王颖起初看学妹一个人在陌生的城市举目无亲，工作上又常常不得要领，不忍心看她一个女孩子这么可怜辛苦打拼，愿意帮助她，但是学妹却恩将仇报，翻脸无情。

我们常常看见处境可怜之人就下意识地同情他们，想要尽最大可能帮助他们，最后却发现分不清他们是可怜还是可恨了。

你在街上看见一个乞丐，衣不蔽体、骨瘦如柴，看起来可怜至极，就把身上的零钱都给了他——后来，你无意中却发现他换了一套衣服，人模狗样，开着你开不起的车，吃着你不舍得吃的大餐。

可怜？还是可恨？

朋友因为失恋，哭得昏天暗地，上吐下泻，甚至严重到要去医院。你因为担心她一个人会想不开，走哪儿都带上她，连和男朋友约会都不忘带着她——结果她却抢了你的男朋友，还怪你故意给他们制造机会。

可怜？还是可恨？

同事因为工作做不完，下班了还要加班，苦苦哀求你帮忙。你看她实在可怜，好心帮她熬夜帮她做完，却发现她早早回家和男朋友逛街看电影了——第二天，她不仅连一句谢谢都没有，还怪你不小心犯了一个小错误。

可怜？还是可恨？

"穷"得吃不上饭的人，你看他可怜，借他饭钱，等过几天他手头宽裕了再想去要回这钱，他们却故作不知，追得紧了，甚至到处谴责你"这点钱也要还，你是有多穷"——于是众人都道你小气，可是欠债还钱，难道不是天经地义的事情吗？

可怜？还是可恨？

"笨"得做不完工作的人，你看她整天忙这忙那，一刻也不敢停，但是工作就是做不好，急地满头大汗，甚至连简单的表格操作都要忙上大半天。你看不过去，一遍又一遍耐心地教她操作，可是她却怎么也学不会，到最后说一句"这么难，不如你帮我做吧"就转身就下班了——我是要帮你，可不是要替你做啊！

可怜？还是可恨？

无论是生活中还是职场中，我们都会遇到很多可怜之人，他们要么"穷"得吃不上饭，要么"笨"得做不完工作。然而深入了解之后，你才发现他们的可恨之处。

可怜之人或许不必有可恨之处，但人生往往是可怜之人与可恨之人的来回切换。

这世界上不幸的人有千万种，他们或许真的可怜，也或许有可恨之处。

当我们面对可怜之人想要帮助他们时，我们更应该思考他们为什么可怜，而不是盲目地同情；当我们遇到可恨之人时，也更应该思考他们为什么变得可恨，而不是一味地谴责。

钱多不一定会拥有快乐,但是钱少一定不会很快乐

之前网上流传一个段子:

某著名作家跟一个土豪约喝茶,土豪说太累了,不想开车,大家各自打车去吧。喝完茶后,一辆出租车都等不到,作家决定坐公交车回家。土豪说,算了,他继续等。

一路颠簸,作家回到家后打电话给土豪:"打到车没?"土豪无精打采地说:"实在不想等了,旁边有个奔驰4S店,随手买辆SMART开回家了。"

很多网友看了,表示原来土豪也是有烦恼的,钱多也不一定快乐,说不定比穷人的烦恼还多。

我深表赞同,果然仇富心理是会传染的。然而现实却是,钱多不一定会拥有快乐,但钱少一定不会很快乐。

朋友小美好久没见,最近微信聊天三句不离她男朋友,话里的甜蜜穿透屏幕激得我一身鸡皮疙瘩。

我很好奇,要了照片来看。

照片里的男生单眼皮、高鼻梁,干干净净的,看起来有点

韩国小鲜肉的感觉,怪不得小美被迷得五迷三道的。

整整一下午微信聊天的时间,我像被迫看了一部浪漫爱情小说:

每天清晨在阳光中醒来,男朋友已经准备好早餐。

晚饭后去小区旁边的公园散步,手牵着手,沿着公园的曲径小路,像老夫老妻,走累了就找个凉亭。我小鸟依人地靠在男朋友怀里,听他讲童年那些趣事。

每周会去看一次电影,结束后会找一家西餐厅度过一个浪漫的夜晚。从电影的选片到餐厅的预定,男朋友都会一个人搞定,我只负责享受就好。

偶尔还会出去旅游一次,也一定是男朋友事先做好攻略。每次旅游都玩得非常尽兴,完全不用担心会出现突发状况。

我的生日、我们的纪念日……男朋友都会事先准备好礼物,极尽所能,给我惊喜。

小美在那边兴致勃勃地打字,时不时地还发两张他们旅游的照片。我内心实在受不了这扑面而来的炫耀,连忙打断她:"狗粮吃得有点多,容我先去吐一会儿。"发完不等她反应,我连忙关了手机。

上大学的时候,小美也曾谈过一个男朋友。

那时候大家都是学生党,本身没什么多余的钱,她男朋友家里也不是很富裕,平时花钱非常小心,更不会给她买礼物。虽然看见别人的男朋友都会送女朋友一些小礼物,但她也就是抱怨两句就算了。

小美家虽然不是大富大贵,但看得出她的父母也都很疼她,吃的用的尽可能给她最好的。但自从她谈恋爱之后,一直省吃俭用,很多次一起逛街看见她明明很喜欢某样东西却还是忍痛放弃,就为了存钱能和男朋友看一次电影,吃一次西餐。

那时候爱情至上,她又不太在乎这些,两个人在一起虽然时有矛盾,但一直都甜甜蜜蜜的。

大学毕业后,他们在两个不同的城市打拼,男生一次也没有主动去看过小美,都是小美坐车去看他,就连回程的车票都是她自己买的。为了省钱,她甚至舍不得买汽车票,只能买火车票,六七个小时的车程,还是硬座。

有一次国庆节,小美在去看他时钱包不小心被偷了,没办法,只能让他买车票。

当时她正逢生理期,肚子痛得要命,想让他买一张汽车票。可是那个男生竟然嫌她太矫情,汽车票比火车票贵了将近一半,他工作这么辛苦,赚点钱不容易,生理期而已,哪有那么严重。

小美打电话给我,带着哭腔说:"能不能借我200块钱?"我不敢想象,她当时是失望多一点,还是痛苦多一点。

那天晚上,小美在微信上给我发了一段话:"我现在才真正体会到恋爱是什么感觉。和他分手之后,我下定决心要赚钱,要赚很多很多钱,我不想再过因为两块钱都要和别人斤斤计较,去超市只能去打折区,就连吃甜品也要等到八点以后打折出售的日子了。

"我以前一直觉得有钱没什么了不起，没钱也能活得很快乐，但是现实给了我狠狠一巴掌。现在，我终于靠自己的努力，过上了自己想要的生活，想买什么就买什么。

"有钱人不一定过得快乐，但是没有钱过得肯定不太快乐。所以，我现在认真工作，努力赚钱，是怕自己过得不快乐，只能穷开心。"

快乐，是人类精神上的一种愉悦，是心灵上的满足。

当你逛街时一眼就看中一款高跟鞋，非常喜欢，试了一下，感觉也很配自己的风格，可是看了一下价格，觉得太贵。再看一眼这双高跟鞋，发现其实也就那样，和路边摊上那些高跟鞋没什么差别，甚至还没有一双帆布鞋来得实用。

于是，你放下手里的高跟鞋，买了那款你觉得实用、价格很便宜的帆布鞋。但是你不会觉得快乐，因为一开始你想买的是那双高跟鞋。

有句歌词唱得好："得不到的永远在骚动……"你可能一辈子都在为没有买那双高跟鞋而遗憾，闷闷不乐。

然而，如果当时你一狠心买了那双价格不菲的高跟鞋，你之后有可能连续吃很长时间的泡面，因为你的钱包并不能让你随意买你喜欢的东西——你同样会因为当时买了那双高跟鞋而后悔。

你买或不买，都不会快乐。因为你既没有不买的洒脱，也没有支付的能力。

钱多不一定很快乐，但是钱少一定不会太快乐。没钱不是我们的错，但是没钱还不努力就是我们的错了。

我们要在该奋斗的年纪选择更加努力的奋斗，这样才能在买帆布鞋的时候，是因为喜欢而不是因为没钱——我可以选择帆布鞋，前提是，我也有穿上高跟鞋的资格。

万事如意的前提是，得有钱

小A毕业没多久就应聘进我们公司做前台招待，工资不高，仅仅够她平时的基本开销。不过，她觉得女生只要有份稳定的收入就好，工资高不高无所谓。

小A有个男朋友，据说上大学的时候就在一起了。对方家庭条件一般，父母都是普通工人，自己也刚毕业，实在是没多少积蓄。

他们本来准备一毕业就结婚的，但是小A的父母一直不同意。小A因为这事也一直和父母抗争，或许在她看来，爱情才是婚姻幸福的基础。

然而，后来有一件事彻底改变了她的想法。

情人节那天，小A和男朋友准备甜甜蜜蜜地过一个离开学校之后的第一个情人节。

那天晚上他们看完电影之后，打算去他们平时最喜欢去的一家小吃店，路上看到很多女孩子怀里都抱着玫瑰花。

其实小A也想要。从他们在一起到现在快四年的时间，她一次玫瑰花也没有收到。

上学的时候，两个人生活费都不高，小A也不介意没有玫瑰花的情人节，因为大家都还是学生党，能省就省，没必要搞这些噱头。可是现在呢，他们已经毕业好久了，也各自有了工作，却还是要过这种"廉价"的情人节——甚至连一件像样的礼物也没有，连一家像样的餐厅都不敢去。

我们常常天真地以为，靠着微薄的工资养活自己就够了，赚那么多钱怎么花呢？可是谁不想过着想吃什么就吃什么，想买什么就买什么的日子？但是达成这些条件的前提是：你得有钱。

小A递了辞职信。

"我想通了，之前我一直觉得人生就是要轻轻松松地度过，拼命赚钱不是我的风格，自己舒服才是最重要的。但是现在我明白了，只有努力赚钱才能让我真正过得舒服，我现在以为的舒服，不过是自欺欺人罢了。"

小A辞职之后，报名参加了很多培训班。

大学时候，小A学的专业是人力资源管理，不过她不打算从事这个行业，她本人一直很喜欢设计，从小就学画画，但是因为害怕辛苦，所以在高考填报志愿的时候选择了轻松的专业方向。现在她准备重新拿起画笔，重新奋斗，于是开始了辛苦的考证生活。

已经很久没有看到她了，听说她后来去了上海某家设计公司，虽然现在还只是一个小职员，但是相信她将来一定会成为公司的首席设计师。不仅如此，听说她还在空余时间帮一些出版社的书籍画插画，赚钱虽然不多，但也算是一笔收入。

相信在不久的将来，她可以实现自己的梦想，真正过上"舒服"的生活。

现实中很多人都觉得"钱不是万能的"，甚至有些情侣在结婚之前都觉得爱情才是最重要的，过得舒服才是最重要的——有没有钱并不重要，只要两个人是真心相爱的，有困难两个人一起想办法，没有什么怕的。

可是结婚之后你就会发现，现实生活是建立在物质之上的，吃穿住行离不开钱，有了孩子之后，开支更大。

贫贱夫妻百事哀。

当你为了一毛钱和小贩据理力争的时候，当你看见喜欢的衣服第一反应是看价钱的时候，当别人的孩子在用 iPad 玩游戏而你的孩子却只能玩泥巴的时候，你才会发现，有钱是多么重要的一件事。

昨晚刷朋友圈，看见大学时候白富美的同班同学发了一条信息：离梦想又进了一步！底下配图是她和某著名钢琴家的合影，并附上一张钢琴家的签名照。

我不禁想起大学时光，我们班有个女生"小白莲"是小县城的，家庭一般，每个月的生活费只有八九百元。

另一个女生"白富美"恰恰相反，她是家里的独生女，父母是著名企业的老总，穿的衣服、用的化妆品都是一线品牌，属于真正的土豪级别。

本来这样的两个人，生活应该是完全没有交集的，可有时候缘分就是这么奇妙——她们两个人都喜欢弹钢琴，而且连喜欢的钢琴家都是同一个人。只不过每次学校组织什么汇演，登台表演的都是白富美，而另一位女生就像小说里被有钱又恶毒的女二号打压的女主角小白莲，成了大家惋惜和安慰的对象。

大部分人都有仇富心理，对于有钱人取得的成就，总会那么酸酸地讽刺几句：

"弹得这么难听还能上台，不就是家里有点臭钱！"

"我要是像她这么有钱，弹得比她好听一万倍。"

"你弹得比她好听多了，但你上不了台，因为她家里有钱。"

时间长了，连那位小白莲也觉得自己就像被抢了风头的苦情女主角，白富美得到的一切荣誉和赞赏都应该是自己的，每每看到白富美都是一副欲言又止的样子。

小时候，小白天莲家里买不起钢琴，就先从电子琴学起。后来大了，就租琴练习，从来没放弃，甚至为了练习手指的灵活度，每天练习两小时打字，练到十指红肿。再后来家里条件好了一点之后，终于买了一台二手钢琴，她开心的不得了，以为自己的梦想终于有机会完成了。

可是，为什么现在有一个人，没她努力，没她辛苦，弹得没她好，就因为有钱，就可以把属于别人的机会轻而易举地抢走——有钱就了不起吗？有钱就可以买来一切吗？

是的，有时候，有钱可以买来一切。

有钱的白富美，可以在小时候就收到价值昂贵的钢琴，可以给她请大师级的老师一对一教学，可以带她去听世界级的钢琴演奏会，甚至可以给她举办一场小型钢琴独奏会，请来她最喜欢的钢琴家合奏。

世界上有很多的不公平，有的人有钱可以养活自己的梦想，而我们只能更加努力，才能完成自己的梦想，养活自己。

越长大，越迟钝；越多情，越该死

情语云：当为情死，不当为情怨。关乎情者，原可死而不可怨者也。

记得小学时，学校号召"多读书，读好书"，把每周五的下午设为阅读时间，规定学生买一本自己喜欢的或者有意义的书，到时带来学校可以自己读，也可以在同学间交换着读。

那时也不知道该买什么类型的书，只想着买个有名的，也不管自己看不看得懂。

我记得我买的是一本简体版的《红楼梦》，还被老师夸奖了一番，其实根本不懂其中精妙，只是用来应付每周五的"阅读周"。读不懂贾宝玉和林黛玉、薛宝钗之间的爱情悲剧，只对书中的人物画情有独钟。

著名文学评论家何其芳曾指出，《红楼梦》中贾宝玉这个典型形象最突出的特点就是"多情"。他对待林黛玉、薛宝钗、史湘云这类大家闺秀温柔体贴，轻声细语，对待袭人、晴雯、紫鹃这类在当时封建社会地位卑贱的丫鬟同样以礼相待，温存和顺。

《红楼梦》里，《贾宝玉神游太虚境　警幻仙曲演红楼梦》一回，警幻仙子称贾宝玉是："吾所爱汝者，乃天下古今第一淫人也。"贾母也曾说："必是人大心大，知道男女的事了，所以爱亲近她们，既细细查试，究竟不是为此，岂不奇怪？"

可见，这个"淫"字和性无关，昵而敬之，他只是多情。

他爱林黛玉，可以为她生为她死，可是遇着温柔丰韵的薛宝钗和飘逸洒脱的史湘云，却又不能不炫目动情，他心中只爱慕林妹妹一个人，当林黛玉和史湘云都对他不满的时候，他又"尚未应酬妥协"；当晴雯和袭人吵架的时候，他就伤心地说："叫我怎么样才好呢？"就连画上的美人，他也怕她寂寞。

贾宝玉出生在大观园这样一个"女儿国"，他对当时社会环境中的女性体贴，尊重而又同情她们，认为女子是水做的骨肉，男子是泥做的骨肉，见了女子便清爽，见了男子便觉浊臭逼人。

他对女子多情，对待北静王、蒋玉菡、秦钟这类身材俊俏、举止风流的男子同样惺惺相惜，他对这世间万物皆有情。

鲁迅先生曾说："爱博而心劳。"贾宝玉与林黛玉"心有灵犀一点通"，至死不渝，可他也会因为平儿"供应贾琏夫妇二人""还遭荼毒"而"不禁潸然泪下"。自己因一时无名之火怪罪晴雯，为了哄晴雯开心，"撕扇子做千金一笑"；鸳鸯歪在袭人的床上看针线，宝玉"闻那香油气"，涎皮笑道："把你嘴上的胭脂赏我吃了吧。"

如果贾宝玉"无情"一点，他或许就不会因为众多女子的不幸和痛苦而"劳心劳神"。可是他"多情"的性格使他不因为钟情林妹妹而对其他女子的遭遇视而不见，反倒因为他的"多情"使他对女子无微不至，体贴入怀。他因女子喜而喜，因女子苦而苦，今生就是劳碌命。

刚上大一时，我家楼上搬来一家新住户。大周末的，被吵醒是一件很不爽的事，所以，当我后来知道我们是同一所大学时，我也没有什么好脸色，大概半年的时间从没说过话。

事情的转机是在一个大雨滂沱的周末。我家离学校挺远，只能每个周末回家，今天，爸妈因为工作原因没法来接我，我只好打车回家。可等了好久都没车，我心里已经焦躁不已，这时正好一辆车停在我前面："别等了，正好顺路，一起走吧。"

我连忙感恩戴德地钻进车里，一个劲向他爸爸道谢。

就这样，我们渐渐熟了。他知道我早上常常因为起床晚而来不及吃早饭，经常去学校食堂打好饭带给我。

后来，我们在学校常常一起出去玩，也有舍友跟我要他的联系方式，想要进一步发展"革命友情"。我逼不得已，加上自己也好奇,于是旁敲侧击地问了几次,他终于耐不住我的软磨硬泡,给我讲了一个"三人行"的故事。

小时候,他邻居家有两个女儿,因为年纪相仿,所以从幼儿园到高中一直在一个学校。放学了在一起写作业,就连周末出去玩也一起去。总之,无论做什么总是都在一起。

有一次因为妹妹生病了,他和姐姐一起去了书店,回来之后,妹妹发了好大的脾气,好几天没有理他。自那以后,他再也不敢私自和其中一个人出去,怕她们两个中有任何一个不开心。给她们买的礼物也要一模一样,务必做到平等对待。

情窦初开的年纪,他发现自己好像喜欢上姐姐了,于是开始制造和姐姐独处的机会,每次都要偷偷摸摸地避开妹妹。

可是没想到,高中毕业的时候,姐妹俩同时向他表白,并逼他只能选择一个。

他私心里喜欢姐姐多一点,可是看着妹妹哀怨的眼神,又说不出拒绝的话,只能落荒而逃。

好在高中毕业之后他搬了家。虽然没有断了和姐妹俩的联系,但以学业为借口,姐妹俩也没有再提这件事,并答应给他思考的时间。用他的话说,他们三人从小青梅竹马,感情深厚,伤害其中的任何一个他都不忍心。然而,他的多情暧昧却在不知不觉间给三个人都带来了痛苦。

两个人的青梅竹马,是两小无猜;三个人的青梅竹马,是自相残杀。牺牲白玫瑰,担心红玫瑰变成墙上的蚊子血;牺牲红玫瑰,担心白玫瑰成了衣服上的一粒饭粘子。

这道千古难题，佛祖早就告诉了我们答案：放下屠刀，立地成佛。

小时候只知道喜欢就在一起，讨厌就拒绝，不是黑就是白，长大后才知道世界还有灰色地带。

痴情总被多情苦，道是多情却无情。

现实逼着我们暧昧不清，但是我们仍要在成长的道路上学会分清是非黑白，爱恨分明。

要个性你还不够格

小时候学过《庄子》中的"东施效颦"："故西施病心而颦其里，其里之丑人见而美之，归亦捧心而矉其里。其里之富人见之，坚闭门而不出；贫人见之，挈妻子而去之走。彼知颦美，而不知颦之所以美。"

故后人常用"东施效颦"来讽刺不知自丑，不识时务，盲目效仿，却适得其反，成为别人的笑柄。

前些年，大卫·芬奇导演的电影《龙文身的女孩》一经播出，火遍世界，只是整个影片弥漫着晦暗阴郁的气息。

影片中的龙女一出场，皮衣皮裤，眉钉唇钉鼻钉，还有满身的龙文身，冷酷、另类的朋克装扮颠覆了以往银幕上女性角色的形象，无数男男女女被她酷炫的形象与独特的个性吸引，甚至很多年轻人开始模仿龙女的装扮。

我印象尤其深刻的是，当时我一个表妹正是叛逆年纪，她或许还没看懂影片的真正含义，但是热衷于模仿影片中的龙女，染了个花里胡哨的发型，校服也不老老实实穿，还经常逃课。

老师家访了无数次，父母也想尽了办法，但她依旧我行我素——即使是在父母的棍棒之下，还能依然坚持自己所谓的"个性"，这一点上，我还是很佩服她的。

对于当时的少男少女来说，家长的劝告就是阻挡他们追求"个性"的脚步，非要自己跌个跟头才会迷途知返。

其实，每个人的成长过程中都要经历叛逆期。

当孩子进入叛逆期后，他们的独立意识和自我意识会日益增强，常常按照自己的想法做事，很难听进去家长和老师的劝导，对外界的一切充满好奇，不再循规蹈矩，想打破一切原有的定律，他们称之为"个性"。

这种耍个性的心理很普遍。

很多人想要引起别人的注意，或是得到肯定，但总是找不到正确的方法，故意做出一些特立独行、与众不同的事情来寻找存在感——最后只是模仿了龙女的外貌，却没有她以一当十的魄力和能力，只能在面对黑恶势力的时候乖乖认怂。

前段时间，一封被称为史上最具情怀的辞职信"世界那么大,我想去看看"一时间红遍网络。如此洒脱的一句话,说出了多少人的心声,于是众多网友开始了"一场说走就走的旅行",各大平台、朋友圈瞬间被无数的美景美食美人覆盖。

公司的一位同事阿静深有所感,她一直在办公室念叨着:长到这么大,还没有真正地去旅行过一次,当年毕业旅行的计划,也因为种种原因而泡汤了。大学一毕业就参加工作,直到现在,连附近的城市都没有去过。

据说,阿静的梦想就是能和爱人去一次浪漫的香格里拉,看一看离天堂最近的地方。所以,在看到这个新闻的时候更是心痒难耐,一刻也坐不住。

也许是这封辞职信给了她重新追求梦想的勇气,第二天,她就在所有人的惊讶与艳羡中辞了职,准备开始她的浪漫之旅。

偏偏这世上最不缺的就是事与愿违,阿静老公的公司正赶上业务上升期,一时间也不可能辞职,甚至连请假都做不到。

而阿静呢,领导倒是批准了她的辞职,只不过扣了她一大半的工资。虽然她当时的心情被喜悦和激动控制,不会在乎这些,但是,现在每天待在家里无所事事,才发现所有的一切都需要开支。

阿静也不是没想过自己一个人去旅行算了,但本来是两人的浪漫之旅,现在怎么想怎么不是滋味。何况她自己从来没有出过远门,真让她一个人去,她还真不敢。

阿静开始埋怨老公没有辞职和她去旅行,而她老公呢,埋怨她做事不考虑后果,说辞职就辞职。她气不过,大吵了一架,结果旅行的事再也不提了，只能重新开始找工作。

本来她还想着可以回原来的公司，但是一个说辞职就辞职的员工，结果可想而知。没办法，只好另觅东家，但是工作又哪是这么容易找的，何况她也不是刚毕业的小姑娘了，工资低的看不上，工资高的人家又看不上她，进退两难。

常言道："读万卷书，行万里路。"所以，看到别人敢于追求自己的梦想，说走就走，说辞职就辞职，真的很潇洒，很有个性。于是你也想"紧跟潮流"，却担不起背后的风险——

去旅行了，孩子怎么办？家庭怎么办？

旅行归来以后，工作怎么办？事业怎么办？

面对自己任性丢下的烂摊子，你是否会后悔当初一时脑热做下的愚蠢决定？

《庄子》云："且子独不闻夫寿陵余子之学行于邯郸与？未得国能，又失其故行矣，直匍匐而归耳。"

对于大多数人来说，随着年龄的增长，顾虑和牵绊也越来越多，那些年轻时的热血澎湃和不顾一切早就被世俗的条条框框所束缚，做事瞻前顾后，三思而后行。

所以，看见别人敢于打破传统的信条，冲开束缚，往往会引起自己的共鸣。然而，真正要行动的时候，才发现钱包那么小，车票那么贵，有钱没时间，有时间没钱。

事实上，那位想去看看世界的女教师在辞职以后，也并没有真的去环游世界，而是在去了几个地方之后，和她的爱人在成都定居了。

梦想归梦想，几个月的旅行之后还是要回归现实。

我们一边呐喊着要解放，要自由，一边却又忍不住寻求安全感的保护。当我们有足够的能力时才能叫个性，没有能力的耍个性叫"任性"，谁都想成为那个被别人崇拜的龙文身女孩，但是你还不够资格。

比你漂亮还比你努力，比你丑还比你幸福

一直以来，很多人可能对于长得漂亮或者家境优越的人存在一些误解，认为他们每天的生活都是休闲舒适，随心所欲的——可以想去哪里旅游就去哪里旅游，想买什么就买什么；有事的时候就去上个班，没事的时候就喝喝下午茶，和朋友小聚。

那些并不富裕，生活质量极为普通的人，每天都为了生计而奔波忙碌，一刻也不敢停歇。

然而，在进入社会之后，我们才发现事实并非如此。那些看起来事业成功、家境富裕的人，工作起来更加拼命和努力。

我的同事李琪就是传说中"比你漂亮，比你有实力，还比你努力"的人。

李琪家庭富裕，父亲和母亲都是某大学老师，知识分子，又只她一个独生女，自然是倍加宠爱，要什么有什么，从小就是在众星捧月的环境下长大的。

不过李琪的父母虽然很宠爱她，但是对她的教育丝毫不含糊。因此她在毕业之后，几乎没费什么周折就因为太过优秀而应聘进我们公司。

长得漂亮，又有气质，刚进入公司的时候，很多人不相信李琪会有什么真才实学，然而没过几个月，所有人都对她刮目相看：她永远是早上最早来和晚上最晚走的一个；每次遇到加班的情况，其他人都是抱怨纷纷，只有她最快调整心态去完成领导布置的任务；平时工作的时候也非常认真，几乎没出过什么错，每次开会领导最多表扬的就是她。

不仅在工作上非常尽心尽力，李琪在周末的时候还会参加各种各样的培训班来充实自己。她对自己的未来规划非常明确，明白自己现在正是努力的年纪，只有全力以赴才能保证在将来不会后悔。

人们看见漂亮的人往往会过度关注他们的颜值，而忽略他们的成就，所以，长得漂亮的人要比普通人更努力，才能让他们的成就高过自己的颜值，从而被别人看见，被人认可。

为什么经常有人捶胸顿足：长得好看就算了，家里有钱也算了，成绩还这么好，"老天不公啊"！

只因为，长得比你漂亮的人比你还努力。

每个人的学习生涯中应该都会遇见这两种人：一种是从不

迟到，从不早退，生病了也坚持上课的"学霸"，他们大多成绩优异，常年占据班级排名的前列。另一种是从不迟到，从不早退，生病了也坚持上课的"学渣"，他们大多成绩一般，班级排名往往在你之下。

我上高中的时候，班里就有这样一位"学渣"同学，个子不高，皮肤偏黑，脸上还有青春痘，留着个板寸头，一米七多一点，永远穿着各种颜色的格子衫配休闲裤，戴着一副黑框眼镜，一跟女生说话就脸红。有一次拿掉眼镜之后，才发现他眼睛也好小。

那时候，我们已经开始懂得在意自己的外表，也开始有意无意地打扮自己，所以，这样一个毫无特色的人是不可能引起别人的关注。只是每次上课的时候，大部分同学都昏昏欲睡，却能看到他认真记笔记的样子。

大家都说，认真的男人最帅，可是由于他实在太过不起眼的外表，导致他认真了三年，还是没有一个女生慧眼识珠，透过他土掉渣的外表看到他内心深处的魅力。

后来，大家去了不同的城市上大学，联系也渐渐少了，很多人甚至想联系也联系不上了。大学毕业之后，高中的班长要在同学群里组织一次班级聚会，反响竟然出奇得热烈，气氛瞬间活跃起来。

大家在班级群里畅所欲言，怀念当年那些天真的时光，甚至连一些糗事都被人提起，却再也不会恼羞成怒了，好像这些年我们从来没有分离过。

一直聊到深夜，大家还意犹未尽，班长最后又问了一句："去聚会的抓紧报名，前十名有奖励。"

"我。"

"还有我。"

"带我一个。"

大家争先恐后地报名，除了有几个实在抽不出时间的同学以外，大部分的同学都表达了对这次聚会的期待。

就在大家以为这次的讨论圆满结束的时候，有个人突然在群里说了一句："不好意思，刚看到信息，我也要参加这次活动，算我一个。"

群里立刻安静了数秒钟，我想大家肯定和我一样，纳闷这人是谁，怎么一点儿印象也没有。

后来，终于有人记忆力超群，想起来这是我们高中时候的"土哥"——正是我认识的那位学渣同学，因为那时候他的年纪是我们班最大的，又经常穿得很土，时间长了，就给他取了这个外号。

然而，很多时候，现实就是用来打脸的。

真正见到"土哥"的时候，才知道什么是"男大十八变"——他几乎让我们认不出来，这么多年没见，竟然长高了很多；他还是钟情于衬衫，只不过把格子衫变成了白衬衫，配上一条牛仔裤，更显得身材修长；他曾经的板寸头也留长了，活脱脱一枚"大帅哥"。

当天的同学聚会，简直就是一场励志演讲会。

原来他高考之后去了外省，一开始还是不善言辞，也不懂得穿衣打扮，开学的时候和别人一比，简直就像农民进城，他才意识到必须要改变了。

一开始他什么也不懂，看同学穿什么就买什么，舍不得用家里的钱就自己兼职赚，加上他的个子也在大学期间奇迹地长高不少，渐渐地，也有人关注到他了，人也变得有自信了。

毕业后，他去了一家外企工作，还谈了一个漂亮的女朋友，年底就要结婚了。

或许曾经其貌不扬，默默无闻，但如今摇身一变，逆袭高富帅。

现实很伤人，你觉得自己没有别人漂亮，但起码你很努力。到头来发现，比你更努力的人比你还漂亮，你只能安慰自己，没事的，还有人比你更丑——却想不到，人家比你过得还幸福。

比你漂亮的人比你还努力，才能让他们的成就配得上自己的美貌。比你丑的人比你还努力，才能让他们的成就弥补自己的外表。

比你漂亮的人还比你努力，难道这就是我们放弃努力的理由吗？

不是！

如果我们不想比上不足，比下还缺，只能更努力，才能与优秀的人并肩。

你只是讨厌看见不够理智的自己

前几天刷微博，看到一篇男生吐槽自己前女友的帖子，内容大概是：

男生和该女友在一起两年了，感情一直很好，周围的同学、朋友也以为他们毕业后就会结婚。但是，现在男生实在忍受不了该女友，原因就是女友总像小公主一样，太作太矫情了。他实在太累了，只能说分手。

现在身边的朋友、家人都不理解他，他自己心中实在郁闷，只好发帖询问网友的意见。

举个例子，男生的女友一直在节食减肥，因为经常性地不注意饮食，常常胃痛，平时又不爱运动，这样就导致经常生病，每次男生都要放下手里的事情去照顾她。如果没有及时关心她的话，她就会跟朋友说男朋友对她一点儿也不好，不关心她，不体贴之类的话。

后来，男生为了让女友多吃点有营养价值的，给她买了好多平时爱吃的食物送去，结果女朋友很是生气，大吵一架之后好久没有理他。男生感到很委屈,自己只是不想女友这样不健康的减肥。

后来,女友还是把食物吃光了,结果胖了以后又大骂了男生一顿,说他故意破坏自己的减肥计划,还闹着要分手,男生哄了好久才和好。

这样的事情还有很多,比如女友发的信息他没看到或者回晚了,她就大发雷霆,说什么不爱他了,非要他道歉认错。

还要每天晚上都要说"晚安"或者"我爱你"——如果哪天忘记说了,那肯定是要倒霉的。平时的各种节日、纪念日,一定要准备惊喜,不然后果不堪设想。

但这些都是小事,男生还可以忍受,毕竟他觉得女生有时候作一点也是可以理解的。真正让他想分手的是,有一次他和朋友出去玩,开车的时候不小心和其他的车子发生了剐蹭,虽然人没有受伤,但是也吓得不行。

这时正好女友给他打电话,他就说了这件事。

可是女友连一句关心他的话都没说,一直在说她看上了哪款包,质量多好,而且还不贵。他就问了一句:你都不关心我一下吗?该女友竟然说:反正又没怎么样,一个大男人怎么还跟女生一样矫情。

男生听到这句话后是什么心情,我们无法得知,至于到底是女生太矫情还是男生小题大做,我们也无法断言。

不管底下的网友是评论"女生矫情一点才可爱,女生不矫情,还要你们男生干吗",还是评论"这样的女生都能找到男朋友？那我们这些善解人意，不要红包不要礼物的妹子为什么没有人要"，这些都无济于事，毕竟男生已经做出了选择。

大学的时候，我们班就有一对人人羡慕的眷侣，就像帖子中的男女主人公一样，甚至我们这些同学私下连红包都准备好了，就等着他们发喜帖。

可是毕业不到一年，他们俩就分手了，具体的分手原因我们这些同学都不太清楚，虽然也好奇，但是本着事不关己高高挂起的原则，也没人真正去了解他们分手的内幕。毕竟现在这个社会离婚都不足为奇，何况只是分手呢。

只不过，我们很多同学都是他们俩的共同好友，经常能够看到他们的朋友圈内容，所以对于他们的一些事也渐渐有所了解。

男生是一个大大咧咧的性格，很少发朋友圈什么的，经常半年更新一次动态，还都是一些搞笑的视频或者段子，基本可以忽略。女生呢，就属于比较有文采的妹子了，但是文采这种事，玩得好才能叫文艺，玩得不好就是矫情了。

不过他们在恋爱期间，也一直是分分合合的状态，基本上每次吵架就必定发朋友圈，文字的矫情程度让我连安慰都开不了口，只好默默地点个赞，以表我心。

其实很多情侣在一起的时候，女生常常会发一些朋友圈："有你在，很安心""真想一直这样和你到白头""夜微凉，但你的怀抱很温暖"——这种看起来就让人鸡皮疙瘩乱起的酸文来撒狗粮。

甚至吵架的时候，很多女生也会发一些："今天头有点痛，但是再也没有人会给我买药了""我以为我们会一辈子相伴到老,是我太天真了""昨晚做了个噩梦,醒来才发现,你已经不在我身边"……

这些暗示性很强的文字,目的只是让男朋友看见之后能主动来找自己和好,然后可以继续撒狗粮。

在他们真正分手的那天,女生在朋友圈发了一篇长文,讲述他们之间从相识到相知再到相恋,直至最后分手的经过。

她记得他们确定关系的日子,记得第一次约会的日子,记得第一次吵架的日子,所有的纪念日她都记得,甚至每一次的节日礼物她都很用心准备。他们曾经是那么相爱,最后却还是分开了,但是她不怪他。

文章句句透露出她对他的爱意和对他的不舍,底下一片"心疼""要坚强"的评论,甚至还有朋友评论说:"人生总会经历过几个渣男才能学会成长。"

直到现在,还能经常看到她发的一些朋友圈,每到一个地方总是怀念和男生的曾经:看见游乐园会想到他,看见电影院会想到他,甚至看见蓝天白云也能想到他。

可是,此时男生早已有了新女友。

我看着朋友圈底下的评论从激烈到麻木,也渐渐没有了关注的心情。

很多时候,我们明知道分手已成定局,再多的挽留也只是在自我作践,但就是克制不住自己矫情的行为,因为你的情感战胜了你的理智。

我们常常以为自己讨厌矫情，其实是讨厌自己的不理智，希望分手后的朋友都能记住：情感支使着我们怀念，理智却告诉我们不打扰。

我们无法分辨矫情是对是错，但是，我们可以选择用更加理智的方法来面对一切。

贵族就是至死都要维持体面与尊严

一直在热播的电视剧《唐顿庄园》已经追到第六季了，剧中主人公精美的服饰总是让我念念不忘。

说起贵族，我们首先想到的是欧洲贵族的雍容富贵，气质非凡——华丽的宫殿，英俊的绅士，优雅的女士，衣食住行，样样讲究。

前不久在微信上看到，有个多年没见的老朋友小薇在朋友圈发了一条求职信息。

我记得她毕业后去了一家外企的市场部，听说待遇还不错，出于朋友间的关心，我就私信问她什么情况。她很快回复了我，说是工作太累，想换个工作氛围，体验下另一种生活。

听着是没有什么毛病，但以我对小薇多年的了解，还是感觉到有些违和。

印象中，小薇一直很喜欢这份工作。

记得刚毕业的时候，她早早就找好了实习单位，就是她之前一直待的这家公司。当时她为了能够增加面试的成功率，每天学习到深夜，后来功夫不负有心人，她果然如愿以偿。

那时候她还曾豪言壮语，要做下一个杜拉拉。

因为单亲家庭的原因，小薇上学的时候就一直很努力，利用课外时间做兼职补贴家用；平时总是像个男生一样，什么事情都自己做，从不麻烦别人，对我们这些朋友也一直很照顾。

虽然她外表开朗，但我们都知道其实她的内心一直很敏感，并且极度缺乏安全感，从她是个工作狂这件事上就可以看得出来。

因为小薇妈妈的年纪越来越大，所以她要担负起身上的责任——她没有任何人可以依靠，只能咬紧牙关，努力工作，让自己和妈妈过得更好。她工作后就很少参加我们的聚会，经常加班忙到深夜，能连续几天不睡觉就为了签一个单子。

这样一个为了工作而拼命的人，别人或许会觉得累，小薇肯定不会。在我的逼问下，她才终于交代了事情的原因。

她在这家公司已经任职好几年了，从一个毫无背景的职场菜鸟到现在的市场部骨干，期间经历了多少的尔虞我诈才能有现在的成就，她不说我也能想象到。

之前她一直在为升职经理做准备，正好又接了一个大单子，领导承诺她，只要把这单做好，就同意她的升职申请。

事情进展得很顺利，客户虽然还没有签单，但是已有这个意向，所以在客户约她吃晚饭谈合作细节的时候，她询问了地点，觉得没什么问题就带着合同去了。

到地方后，客户没提合同的事，反而一直在讲他的各种不幸，比如从小家里很穷，自己白手起家，老婆和他结婚只是为了他的钱，他们之间根本没有感情，但是为了孩子又只能勉强在一起生活；说看到小薇就想到了他年轻时候的自己，一个人在外打拼多么辛苦，他看着就很心疼。

"我先给你在公司附近买套公寓，你先住着，过两年我再给你配辆车。说实话，凭你自己想在这个城市买房，不知道要奋斗几十年。"客户说。

小薇告诉我，她当时确实有点心动，但是理智告诉她，一旦答应了就会万劫不复。所以，她还是很有礼貌地表达了自己不愿意的想法，说他们之间只是合作关系，不想牵扯其他。

结果客户竟然说："我和你们老板是朋友，你最近正在准备升职，这单生意对你来说多重要你自己应该很清楚吧？"言下之意，如果惹怒了他，那这次升职的机会就要泡汤了，再等到下一次机会，就不知何年何月了。

小薇就有点生气了，说了一句："今天不适合谈合同，改天再约吧。"那时她还想着，说不定过几天客户就不抽风了，她还是不想轻易放弃，毕竟辛辛苦苦这么多年，不想在这紧要关头功亏一篑。

结果第二天上班，领导把她叫到办公室，说是客户投诉她利用职务之便行勾引之事，但是念在她年轻就不追究了，只希望此事不要再发生。

小薇听了犹如晴天霹雳，只好将事情的真相解释了一下。

领导听了之后，也只是说了一句："我知道你很委屈，但现实就是这样。"

她看着领导躲闪的眼神，最终什么话也没有说。

第二天她就递了辞呈，领导劝她说，完全没必要辞职，只要道个歉，还是可以继续留在公司的。

"我可以向任何人道歉，但我不可能向这种人低头。就算我辞职了，也是你们的损失。"小薇一向自信，并且她有这个资本。

想起之前看过一个很有意义的小故事：

18世纪法国大革命时期，国王路易十六是法国历史中唯一一个被处死的国王。路易十六性格优柔寡断，大权受王后玛丽·安托瓦内特左右，不过她根本不懂政治，只喜欢奢侈华丽的享受，比如化妆、买衣服、买首饰、开舞会、装修别墅、布置花园，最后致使国库空虚，债台高筑。

1793年，国王路易十六和王后玛丽·安托瓦内特被送上了断头台，但这个平时生活极为奢侈的女人，临死前还保持着皇室风度——

她穿着一身白袍，表情镇静，从牢狱中被推出来，步上断头台时不慎踩到了刽子手的脚尖，便立即对他说："先生，对不起。我不是有意的。"这位贪得无厌、奢侈无度的"赤字夫人"死前还保持着贵族的精神，风度翩翩。

很多有钱人趋之若鹜，追求高档别墅，进口汽车，挥金如土，花天酒地。甚至有些人还把孩子送去贵族学校，希望他们毕业后也能成为贵族。结果发现，最好的学校竟然睡硬板床，吃粗茶淡饭，每天还要接受非常严格的训练，比普通学校的学生还要苦。

真正为世人所传颂并且如今最缺乏的是贵族精神，然而很多人大都被现实击垮。

无论是玛丽·安托瓦内特在断头台的道歉，还是小薇在办公室的绝不低头，都是在告诉我们：无论面对任何事，任何人，都要坚守自己的原则，即使是死，也要维持贵族的体面与尊严。

第五章

没有天赋，你的努力一无是处

> 不刷朋友圈的人，可能真的生活很贫瘠
> 年年花不同，岁岁人相似
> 有些人不会因为虚度年华而悔恨，因为他们心态好
> 你时常会觉得自己一无是处？恭喜你，答对了
> 如何修炼"车到山前没有路"的生活
> 承认吧，大多数时候运气好才是成功的主要原因
> 没有天赋，你的努力一无是处

不刷朋友圈的人,可能真的生活很贫瘠

之前看到网上流传一个段子:"你很少发空间状态,也不常更新朋友圈,你一定过得很好吧,因为最爱的人就在身边。"

其实我想问,最爱的人就在身边和发不发朋友圈有关系吗?

我见过很多整天腻在一起的情侣,经常在朋友圈秀恩爱,也见过从来不发朋友圈的单身狗。难道发朋友圈就一定要自怨自艾,孤芳自赏吗?

朋友圈刚盛行的那几年,无数的人为之废寝忘食,晚上睡觉前的最后一件事就是刷:看看身边朋友的最新动态,关注下实时新闻,了解下新鲜事,兴致勃勃地在朋友的动态下吐槽几句,联络一下感情。

早上起床后的第一件事也是刷朋友圈,而且一定要刷到前一天晚上发的那条动态,这甚至治好了很多人从不早起的恶习。

遇到好看的景色拍一张发朋友圈,立刻引来朋友的点赞;看到优美的文章转到朋友圈,和朋友分享;听到励志的语录发到朋友圈,与朋友共勉。

公司有一个同事就特别喜欢刷朋友圈,每次工作间隙一定要动手刷刷微博,刷刷空间。每次看见搞笑的段子都会讲给我们听,看见有趣的鸡汤文也会读出来和大家一起吐槽。

某次闲聊的时候,就有同事问她,为什么现在还热衷于刷朋友圈,现在的朋友圈早已经变得面目全非,再也不是以前的样子了。

我依稀记得她当时回答:"不会啊,每次我心情不好的时候,就会看看朋友圈里的段子,缓解下心情。有时候和朋友好久没联系了,看到她的动态就知道她过得好不好,但朋友圈很多广告或者没用的信息我一般都自动过滤。天天上班下班,两点一线,再不刷刷朋友圈,我怕跟时代脱节了。"

无聊心烦的时候,压力太大的时候,看看朋友圈,你会发现每个人都在晒美食、晒美景、晒幸福,一切都是那么的正能量,哪里还有时间去伤春悲秋。

有段时间太忙,好久没有更新朋友圈,自己也没在意。直到有一天,突然接到我妈的电话,我还以为出了什么事情,因为我妈一直很少给我打电话。

结果,我妈就是单纯地关心下我最近怎么样,工资够不够用:"因为你好久没有刷朋友圈了,怎么也不出去玩了,也不去吃好吃的了,我担心你是不是钱不够用了。"

我妈开始会用朋友圈之后,就一直紧跟潮流,经常刷,学习一些网络语言,说是为了更好地跟我沟通,所以我自从加了我妈的微信之后,也从来没有屏蔽她。

其实，我常常关注我妈的朋友圈，了解了她的动态总会让我安心一点。现在才知道，我妈很少给我打电话的原因，也是她能够从我的朋友圈里了解我过得好还是不好。

从那以后，没有特殊情况，我都会时不时地发发朋友圈，转载一些段子，因为我知道，在朋友圈的另一端还有很多关心我的人。中国式家庭就是这样，无论是父母对子女的爱，还是子女对父母的关心，总是羞于启齿，只会默默地关注。

不是因为最爱的人就在身边，所以就不用发朋友圈了，而是这世界上除了你最爱的人，还有更多爱你的人，他们更在意你过得好不好。

真正爱你的人，会时不时地关注你的朋友圈，因为他想知道你的一切动态，如果你不发朋友圈、不发空间，别人怎么知道你过得好不好。

为什么现在这么多人不愿意发朋友圈，因为无论你是晒美食还是晒旅游，总有朋友觉得你是在炫耀，并且怀疑你是报喜不报忧，为了充面子。其实呢，他们只是因为看不惯别人过得比自己好，是他们的内心世界太黑暗。

所以，去旅游景点不管看见什么美景，都要发朋友圈，因为有问题的不是朋友圈，而是朋友圈里的朋友。就像"半杯水"的故事一样，乐观的人看到的是还有半杯水，而悲观的人看到的就是只剩半杯水。

同样的朋友圈，正能量的人看见的是幸福美好的一面，负能量的人看到的是黑暗阴郁的一面。

看见朋友在朋友圈里晒别人给他们发的红包，老公送的名牌首饰、化妆品、豪宅，就在背后讽刺人家爱慕虚荣，天天就知道炫富，不务正业——其实就是自己的嫉妒心在作怪，因为不仅自己买不起，甚至连人家炫富的牌子都不认识。

看见朋友在朋友圈里晒自己的美照，或者是秀恩爱，就评论"秀恩爱，死得快"，不然就说人家又美颜修图了——其实呢，还不是因为自己是一只单身狗，又长得拿不出手。

看见朋友又在朋友圈里发代购，就口无遮拦地问人家怎么也开始发这种讨人厌的广告了。甚至有些人发现身边出现代购的朋友后，立刻屏蔽人家，连生活中都不敢来往了，好像看了他们的朋友圈就能扣钱一样——其实是因为自己既买不起正品，也买不起免税的，只能一口咬定是假货，坚决抵制。

现在很多人都不愿意刷朋友圈，因为在他们看来，朋友圈现在已经被垃圾信息攻占了，不是炫富就是鸡汤文，已经不是之前那个用来维系感情和调侃生活的朋友圈了。

其实，朋友圈就是现实生活中人际关系的缩影，你是什么层次的人，你交的朋友就是什么层次，你的朋友圈就是什么层次。

以前认为，从来不刷朋友圈的人很个性，很酷，因为常听人说，朋友圈炫什么就是缺什么——现在才知道，从不炫富的人或许真的不缺钱，从不秀恩爱的人可能也很幸福。

反过来推测到：看见人家炫富就酸气冲天的人是真的缺钱，看见人家秀恩爱就评论死得快的人是真的缺爱，因为，他们无论是精神生活还是物质生活都很贫瘠。

当我们放下那些偏见和执念,你会发现现实生活很美好,朋友圈一样很美好,只要我们拥有一双善于发现美的眼睛。

年年花不同,岁岁人相似

你很久没有去过理发店了,因为你觉得,现在的发型最适合你。

你从来不去别家餐厅,因为你不愿意尝试新的口味。

你常年用同一个牌子的化妆品,皮肤都开始免疫。

你十年如一日地穿着相同风格的衣服,自己都感到厌烦。

每天朝九晚五,两点一线,抱怨这种一眼看到头的模式枯燥乏味,却不愿意承认自己的无趣。

前段时间,我发现一个女同事连续几天都愁眉不展,面色憔悴的样子,一问才知道,她和先生的感情出现了危机。

他们从初中认识,大学毕业后就结了婚,到现在也已经十几年了。可是,最近他们之间的矛盾好像越来越多,一点鸡毛蒜皮的小事也开始吵闹,而且她觉得她先生好像没有以前那么

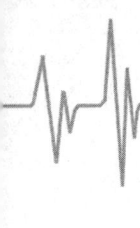

爱她了，经常对她的一些行为表示不赞同，有时候打电话也会避开她，甚至手机密码也换了，一碰他手机就开始发脾气。

这些现象都让她非常没有安全感，她不敢问也不敢说，只能默默地忍受。

心中压抑了太多，导致她在工作的时候时常出错，情绪几近崩溃。后来公司主管实在看不下去了，开导她好多次，但依然没什么效果，毕竟解铃还须系铃人，问题的根本还是在她先生身上。

这样逃避是没有任何作用的，你不主动开口去问，他又不说，那你永远不知道真正的问题出在哪里，也就没办法解决问题。然后，你们之间的隔阂只会越来越深，距离越来越远，直至感情消磨殆尽。

后来她终于下定决心，毕竟十几年的感情，七年之痒都熬过去了，怎么可以输在这种时候。

不曾想，结果只得到一句：我腻了，受够了。

同事这才真正的崩溃，明明以前很相爱的两个人，怎么说变心就变心——这么多年相濡以沫，难道男人真的抵挡不住外界的诱惑吗？

两个人在一起的时间长了，激情渐渐消退，这时候并不是因为外界的诱惑多么吸引人，更多时候仅仅是：每天早上的早餐永远都是豆浆和鸡蛋或者包子，每天的晚餐吃来吃去还是那几样；每次约会都是看电影，吃饭，然后回家；逛街永远是那家店，买的衣服永远是一种风格。

每天面对着同一张脸，早就审美疲劳了。

刚在一起的时候，喜欢你的不施粉黛，你的自然清纯，你的知足常乐。可是渐渐成熟以后，才明白自己想要什么样的类型，可你还是停留在刚认识时的样子，没有一点的改变和进步——就像很多人喜欢吃番茄炒鸡蛋，但是天天吃，顿顿吃，总有一天会吃到吐。现在或许还喜欢，但是却再也吃不下了。

如果你一直是牛仔裤配短袖的清爽，为什么不尝试下连衣裙的性感和妩媚？如果你一直留着披肩长发，为什么不试试短发的俏皮和可爱？如果你每天都素面朝天，为什么不学着化一些淡妆？

这些事情做起来一点儿也不难，难的是你没有这个觉悟：你不愿意改变自己，也不愿意接受别人的改变。

去年高考的时候，有则新闻吸引了很多人的注意：

在众多青春懵懂的高考学子中，有一位50多岁的阿姨也参加了那次高考。

采访这位特殊的考生时，阿姨称，她每天早晨六点多起床，就为了第二天能够高效率的学习；她通常不会熬夜太晚，但即使这样，她还是晚上十二点或者一点才睡觉。

她虽然年龄过大，学知识没有别人快，要比其他人付出更多的努力，但她仍然乐在其中。重新回到校园的时候，其实周围也是一片质疑，觉得50多岁的人还去上学简直是"天方夜谭"。然而，就算没有多少人赞同，也丝毫没有影响她求学的热情。

当一个人退了休，没有了工作压力，儿孙都很幸福，不用自己再操心，有了大把的休闲时光，要么去公园打打拳，要么和老朋友唠唠嗑，再不然就是在家买菜做饭，安享晚年。

可是在高考不限年龄之后，50多岁的阿姨拒绝既定的人生路线，开始重新追求从前没有完成的大学梦。而我们很多人却年纪轻轻就开始安于现状，活得像个老人。

身边的朋友参加工作后照样花钱培养几个兴趣爱好，甚至比上学的时候更积极；公司的同事每天忙得焦头烂额，依旧利用下班时间参加各种培训班；父母即使老了，仍然努力学习更多的网络知识，以便跟上潮流，因为他们害怕被时代抛弃。

常常有人不满：为什么我辛辛苦苦、兢兢业业地为公司工作了一辈子，仍然拿着微薄的工资？而那些刚进公司没几年的同事却薪水丰厚，一涨再涨？明明我比他们多了这么多年的经验，为什么从来没有涨过工资？

你不是比人家多了一辈子的工作经验，而是你将这个经验用了一辈子。

很多人都惧于改变，因为他们害怕未知，害怕变数，害怕风险，自欺欺人地认为自己就是喜欢熟悉的环境、熟悉的朋友、熟悉的生活方式，这样会让他们有安全感：像永远蜷缩在壳里的蜗牛，安全地待在自己的世界里，一成不变，没什么不好。

可时间并不是一成不变的，所有的人都在用力追赶，你的一成不变还能带给你安全感吗？

不能！因为在时刻变化的社会中，你的一成不变并不是原地踏步，而是逆水行舟，不进则退。

生活就是这样现实。

如果你不努力改变现状，一年后的你不仅仅是老了一岁，甚至还不如现在的你。

曾经喜欢你的人不仅不喜欢你，可能会讨厌你；想要的生活不仅不会主动靠近你，甚至将离你更远。因为，在你的身上，别人已经完全看不到惊喜，即使你经常更换花瓶里的花。

换一条回家的路吧，你会发现很多不曾见过的风景。

有些人不会因为虚度年华而悔恨，因为他们心态好

有一次，我的好朋友朵朵给我发微信，说她和几个朋友准备去青岛玩两天，就想着约我一起去。

但是，因为工作的原因我去不了，就给她回了一条信息："那天正好我要加班，所以去不了，谢谢。"

谢绝了朵朵的好意后，结果等到我忙完工作再看信息的时候，发现她给我回了一条："那就请假呗，工作重要，休息也重要啊！"

我思考了很久，还是决定不回信息了。

我和朵朵从高中就认识了，关系一直很好。

高考结束后，我们生活在不同的城市，见面的机会就变少了，平时有事没事也不怎么联系，毕竟上了大学，每个人的生活圈子都不一样。

大学一毕业，我就找了工作开始实习，因为像我这种普通的工薪家庭，没有任性的权利。

记得毕业的时候我们联系了一次，朵朵说她男朋友要去南方的一个城市发展，她准备跟着一起去。到了南方城市后，她男朋友找了一份销售的工作，因为人特别能说会道，每个月的工资都还不错，她索性就什么也不干了，靠着男朋友生活。

一开始的时候，他们过得还可以，后来渐渐就入不敷出了。她又不想继续去工作，毕竟清闲了这么久，再让她出去找工作，她不是嫌工资低就是嫌工作累。

朵朵再次联系我的时候，已经回了老家，我们约出来一起吃饭。吃饭的时候聊到了工作的事，她说她想在老家找份工作，工资不用太高，轻松就好，因为她男朋友也回了老家，准备开个小店做点生意。

正好当时我们公司还缺人，我就答应帮她问一下。有了结果后，她自己又不想去了，说我公司离她家有点远，天又太冷，早上起不来。

那个时候，我每天早上八点就要到公司，为了能在床上多睡一会儿，有时候连早饭都来不及吃，起早贪黑，累死累活。

我总是想着,趁年轻的时候多赚一点钱,不然老了以后就赚不动了,所以从工作到现在,请假的次数寥寥无几。

朵朵的父亲是一位出租车司机,工作也很辛苦,母亲又没有正式工作,平时摆摆摊勉强赚点买菜钱。可她在家一待就是几个月,每天睡到日晒三竿,醒来就玩玩电脑,或者和男朋友打电话聊天。

她每天无所事事,虚度光阴,不止一次向我哭穷。

每次我劝她去找工作,但不是这个事耽搁了就是那个事耽搁了,一点儿也不着急——在她看来,工作不工作没什么关系,反正没钱就向男朋友要,丝毫不觉得有什么不对,好像男朋友给女朋友花钱是天经地义的。

我也常常想,是不是非要这么认真地工作,辛苦地赚钱,才能过上自己想要的生活?也想尝试下每天睡到自然醒,晚上熬夜玩游戏,想出去玩就出去玩,想买什么就买什么,不用每天提心吊胆地面对客户,可以想做什么就做什么……

可是只要一想到,没钱只能向别人伸手的情景,我就浑身不舒服。说到底,我没有他们那么好的心态——衣来伸手,饭来张口,心安理得地享受别人的馈赠,甚至有可能是施舍。

记得曾经有人说:"大学精神的本质,并不是让我们变得深奥,而恰恰是恢复人类的天真。"

我一直将这里的天真理解成怎么舒服怎么来。

比起高中生活的艰苦朴素,大学生活简直就是救赎——拿到入学通知书的那天,心中满怀的不仅是对外面世界的向往,更多的是对自由生活的憧憬和渴望。因为传说中"堕落"的大学生活终于要到来了，这段人生中最美好、最轻松的日子即将开始了。

可是我不敢——不敢任性，不敢颓废，不敢浪费丝毫的时间。

大学期间，我甚至没有逃过一次课，虽然很多人都说，没有逃过课的大学是不完整的。但是我觉得，没逃过一次课的大学是一种完美。

很多人到了大学以后，每天就是浑浑噩噩地上课，机械地跟着同班同学穿行在校园的各个教学楼，老师在上面讲，他们就在下面想：中午吃什么？晚上有什么活动？

晚上不是窝在宿舍看穿越剧，就是和室友通宵玩游戏。熄灯了也不睡，在黑暗中谈人生、谈理想。早上在闹钟叫了无数次之后，才手忙脚乱地穿衣起床，一路狂奔。

周末就去买买买，逛逛逛，吃吃吃。心情好，就约同学去KTV唱到半夜；心情不好，也去KTV哭到半夜。总之，怎么解放天性怎么来。

在他们看来，那些在课堂上积极回答问题、认真做笔记，下课按时完成作业，是小学、初中和高中才会做的事情，更不用说会去参加选修课，去图书馆看书复习了，这才是真正的"浪费时间，虚度光阴"——大学生活就是用来享受的，不好好享受一下这"人生的天堂"，岂不是白白浪费这大好时光。

有人在大学选择奋斗，就有人在大学选择享受。

奋斗的人看享受的人是虚度光阴，浪费时间；在享受的人眼中，奋斗的人同样是在浪费时间，荒度时光。但真正可怕的不是你在虚度年华，而是你在以后的生命里，丝毫没有因为虚度年华而悔恨。

当在风雨交加的天气你还奔波于公司和客户之间，当在夜深人静的时候你还在电脑桌前熬夜埋头写计划书，当在周末空气清新的早晨你还要早起上班去参加会议……你或许会羡慕那些能在雨天窝在沙发上喝着咖啡看着肥皂剧的人，能在周末想赖床就赖床的人，能在天黑就入睡的闲人。

但是，我永远不会让自己成为这样的人。

我不想成为不思进取、苟安一隅的咸鱼，因为前面还有很多的惊喜等着我去发现，即使别人或许在以后的某一天也会发现：我仍然想成为最先发现的那个人。

你时常会觉得自己一无是处？恭喜你，答对了

小的时候，曾经听过这么一个故事：

有个农家姑娘头上顶着一桶牛奶，从田地里走回家，走着走着她突然想到："这桶牛奶如果卖了的话，至少可以换 300 个

鸡蛋。300个鸡蛋除去一些可能养不活的或者丢了的，大概可以孵200多只小鸡。等到这些小鸡长大了，再拿到市场中去卖，一定可以卖很多钱。

"我用这些钱足够买一条漂亮的裙子和首饰，那么在圣诞晚宴上，我会打扮得漂漂亮亮的，到时肯定会有很多年轻帅气的小伙子向我求婚，而我要摇摇头拒绝他们。"

想到这里，她情不自禁地摇起头来，头顶的一桶牛奶一下子掉在地上，洒了个干净。她的美妙幻想也随之被打破，变得一无所有。

我们生活中经常会遇到这样的人，他们幻想着自己未来的美好生活，以为自己的梦想一定能够实现，然而现实却往往不尽如人意。

前几天遇到以前的同事大梁，就客气地闲聊了几句。

大梁今年30岁，还没有女朋友，果不其然，聊了几句就问我身边有没有认识的合适人，让我给他介绍女朋友。

我没敢随便答应，只说帮他留意一下。

其实大梁人不坏，我们还是同事的时候虽然交集不多，但是也听其他同事提到他的一些热心事迹，后来因为一些工作上的事情也渐渐熟悉起来。

大梁刚到公司时，曾凭借不错的外形吸引了公司里众多小姑娘的目光，加上他又是一名设计师，这就更加锦上添花了。

当时很多单身姑娘都打听大梁是否单身，得到肯定回答之后都沾沾自喜。不过，同在一家公司共事，大家相处时间久了，就发现大梁的一些缺点。

大梁自从毕业之后已经换了4家公司，期间做过销售，做过装修，也做过设计。基本上每家公司待一段时间，就开始跳槽到另一家公司，从来没有在一家公司能坚持工作两年以上。

一开始大梁跟我们谈起这些往事的时候，他不是怪A公司的领导太腐败，就是怪B公司的待遇不好，觉得屈就自己。直到应聘进我们公司之后，才稍微有点稳定下来的意思，毕竟在他看来，公司无论是待遇还是规模，都让他暂时觉得满意。

只是，后来大梁还是辞职了，因为他觉得自己并不适合设计师的工作。

本来大梁是有一个女朋友的，听说上大学时他们就在一起了，不过后来还是分手了。原因大概就是女生想要结婚，可是大梁的工作一直不稳定，不是突发奇想和朋友一起搞装修，就是毅然辞职自己创业——常常一份工作做的好好的，突然发现其他工作更加赚钱，于是立刻辞职，转移战场。

三番五次以后，女生还怎么放心和你结婚？结果，当然是一拍两散。

现实中，很多男生都觉得女生现实，明明自己已经努力赚钱了，女生却还是想找个有钱人。然而事实并非如此，女生并不是嫌弃你穷，而是嫌弃你好高骛远。

当你进入职场，发现别人轻轻松松就能升职加薪，而自己却领着微薄的工资，你开始抱怨公司不重视你，于是直接辞职换下一份工作，完全不考虑自身的问题。

时间长了,你发现自己已经换了无数份工作,可是每一份工作你都做不好,仍然一无是处。反而是跟你差不多年龄的人,要么事业有成,要么家庭幸福。

我们常常抱怨世界不公平,却学不会反省自己。

以前邻居家有个姐姐欣欣比我大个几岁,他们家还有一个跟我差不多大的弟弟。她妈妈身体不好,一直卧病在床;爸爸是个普通工人,靠着一个人的工资养着一大家子。

小的时候,他们姐弟俩很少穿新衣服,但是他们都很懂事,从来不随随便便向家里要钱买东西,而且人很好,经常带我一起玩。

我从小就喜欢这个姐姐,老是黏着她。

好多次欣欣在写作业,我就坐在旁边看,但每次一写就写到很晚。有时我缠着她让她陪我玩,她才会勉强抽个空陪我玩一会儿。

记得有一次,我忍不住问她:"为什么每次都写到这么晚,你们老师布置这么多作业呀?"

她无奈地说:"因为我没有别人聪明啊,所以就要比别人多写作业才行。"

后来大一些的时候,欣欣的事情越来越多,每次放学回家,既要照顾母亲,又要打扫卫生、洗衣做饭,作业也写到更晚,我实在不好意思像以前一样黏着她了。

她成绩很好,从小学起就一直担任班长,我妈每次都要我向她学习。我从来不反感,因为在我心里,她确实就是我的榜样。

我上高中的时候，欣欣考上了重点大学。走的时候，她请我去她家吃个告别饭，我送了她一个白天鹅的陶瓷摆件。

后来，我就很少见到她了，每次都只能在网上联系。假期她也很少回家，一直在兼职打工，赚生活费——大学期间，她从来没有向家里要过一分钱。

爱美之心，人皆有之。

没有别人一样富裕的家庭，她就自己赚钱买漂亮的衣服，买喜欢的东西。

每次我都劝她不要这么拼，她就开玩笑地说："我也不想这么拼，但是我长得又不漂亮，想嫁个有钱人很难，所以只好努力让自己变成有钱人。"

毕业后，欣欣去了一线城市，进了一家外企，现在她已经成为自己所说的有钱人了。

所以，你没有一份好的工作——不是因为你好吃懒做，好高骛远，而是因为你的家境一般，父母只是普通工人，不能在事业上给予你任何的帮助；

你没有一个温柔体贴、腰缠万贯的老公——不是因为你长得一般，身材臃肿，又不注重内涵，是因为那些高富帅优质男都瞎了眼，只喜欢漂亮的女孩；

你没有一个可以无条件支持你、信任你的朋友——不是因为你言而无信，不懂报答，是那些朋友没有无私奉献的精神，不配做你的朋友。

当你终于发现自己一无是处，别怕，你还有自知之明。

如何修炼"车到山前没有路"的生活

有天晚上出去散步,正好碰上邻居家的姐姐。小时候经常在一起玩,年龄大了之后才渐渐疏远,好多年没见,于是远远打了个招呼。

回家跟妈妈说起,才知道这个姐姐毕业之后一直待在家里,准备考公务员,今年已经是第5次了,可是成绩下来之后还是没有通过,准备明年再考。

一开始她家里人还挺赞成她考公务员的,因为工作稳定,福利待遇都挺好,说出去也体面。虽然不至于大富大贵,但对于女孩子来说,是很适合的一份工作。

可是她连续考了这么多年,一直没有考上。跟她同龄的女孩子已经结婚生子,甚至有的孩子都可以打酱油了,她还连个对象都没有。

父母开始急了,这样下去也不是办法,想让她先找个对象,或者先找份工作,起码不用像现在这样没有一点盼头。可是她不愿意,一定要考上公务员再说其他的。

父母劝说无果,只能随她去了。

我听了深有感触,想当年我也一脚踏上考公务员的大军,只不过及时发现自己不是那块料,于是赶紧悬崖勒马,另辟蹊径。

我身边有不少人一毕业就义无反顾地选择考公务员这条康庄大道,有的人考了一次两次,发现考不上,深思熟虑之后,然后就放弃了。

但更多的人是一条路走到黑,撞了南墙也不回头。

我能理解他们的想法,无非就是:坚持就是胜利。世上无难事,只怕有心人。天将降大任于斯人也。

明明前面的人已经在摇旗呐喊:"前面没有路了,请速速撤回!"听在他们耳里也能变成:"同志们,胜利就在前方,再走几步就到了!"但是,再走几步,就到悬崖下了。

这算是"车到山前没有路,船到桥头自然沉"的另类写照吗?

2016年8月,世界"撑杆跳女皇"伊辛巴耶娃正式宣布退役。这位世界上最优秀的女子撑杆跳选手,在2003年国际田联大奖赛上以4.82米打破室外撑杆跳世界纪录。2008年,在世界田联黄金联赛罗马站,她更以5.03米刷新世界室外女子撑杆跳纪录,成为世界上第一个跳过5米的女运动员,多少人为她的风采折服。

她的偶像是曾35次打破世界纪录的乌克兰撑杆跳名将布勃卡,而她也被称为"穿裙子的布勃卡"。

提起伊辛巴耶娃，人们细数她在撑杆跳上取得的成绩可谓信手拈来，但却很少有人知道，她在成为"撑杆跳女皇"之前，是一名体操运动员。据她透露，在她10年的艺术体操生涯中，中国体操运动员李宁是她心中的偶像，"成为他那样伟大的运动员是我心中的梦想"。

她的个人经历上写着：5岁开始练体操，15岁时改练撑杆跳。虽然对她曾经作为体操运动员的10年经历一笔带过，但是其中的艰辛可想而知。

伊辛巴耶娃出生在伏尔加格勒一个偏远的村庄，她像所有成功逆袭故事中的主人公一样：有着贫寒的家庭，做着普通工作的父母，永远穿着旧衣服。

伊辛巴耶娃的母亲娜塔莉亚曾经是一名业余的篮球运动员，在伊辛巴耶娃很小的时候，母亲就把她和她的妹妹相继送去练体操。她很喜欢练体操，不管严寒酷暑，每天坚持练习，从未放弃，全身心地投入其中。

她那时的梦想是成为一名体操冠军，为此，她付出了很多常人不知道的努力。

然而好景不长，随着她的身高越来越高，她渐渐感觉到了吃力——在体操队，身高过高反而是一种累赘。15岁的时候，她就长到170cm，超过同龄人太多，这时的体操项目对她来说，异常困难。

对于一个已经坚持了10年的梦想，即使明知道很难成功，或者根本成功不了的时候，很多人都难以做出抉择，不过更多的人还是选择继续坚持下去——坚持就是胜利，说不定再努力一下，就可以成为下一个世界冠军了。

然而伊辛巴耶娃在知道体操这个项目已经对她关上大门的时候，她做出了一个明智的选择，甚至她之后取得的所有荣誉都是在告诉她，她当初的选择是多么的正确：她在15岁那年开始转练撑杆跳。

或许在很多人看来，15的年纪才开始练运动项目，为时过晚，因为很多运动员从五六岁就开始练习。

然而，伊辛巴耶娃凭借她的身高优势和10年的体操功底，都对她的撑杆跳起到决定性的帮助：出众的爆发力，身体柔韧性、协调性以及动作节奏感，让她在赛场上如有神助。

16岁的时候，她就拿到撑杆跳生涯中第一个世锦赛冠军，后来多次刷新女子撑杆跳的纪录。2004年雅典奥运会上，她以4.91米的成绩再次刷新女子撑杆跳世界纪录，将金牌收入囊中。她曾28次刷新世界纪录，连续3次获得最佳女运动员的提名，在女子撑杆跳上获得的荣誉，至今无人能出其右。

鲁迅先生有一句至理名言："其实地上本没有路，走的人多了，也便成了路。"

我们一度用这句话来鞭策自己，甚至有些网友根据自身的经历，将这句名言改成万般模样。

可是，很多人却难以真正领会这句话的精神：通往成功的道路有很多条，一条不行，换一条。当你发现这条道路走不通的时候，懂得换一条路才是真正的智慧。

可这世上很多人穷极一生追寻一个不可能完成的目标,即使撞了南墙也不回头,见到了黄河还不死心。然而残酷的现实,往往将他们折磨得遍体鳞伤,犹如牢笼中的困兽,看不见希望,直到头破血流,却还幻想着终有一天会撞出一条血路来。

追逐梦想的路上有很多的困难和荆棘,我们手拿宝剑、身披盔甲的目的,并不仅仅是为了在遇到困难的时候能够乘风破浪,披荆斩棘,而是在面对我们抵抗不了的阻碍时,能够开辟另一条道路。

承认吧,大多数时候运气好才是成功的主要原因

前几天表姐在微信上找我聊天,因为她一直在外地工作,我们很少有机会见面,所以常常在微信上互相调侃、吐槽。

记得她好像问了我一句:"你觉得我运气好吗?"

我当时正忙着追偶像剧,就敷衍地回了一句:"好啊,好到爆!"她一直没回,我也没放在心上。后来到了晚上,她给我发了一大串的消息,我才了解到事情的经过。

表姐有个闺密紫涵认识二十几年了,从小学一直到高中都

在同一个班级，感情好得不得了，整天形影不离。和对方的父母也都熟悉，经常互相留宿，兴趣爱好也都差不多。我还一直戏称，表姐遇到人生中的钟子期了，恐怕为她摔琴也不足为奇。

我叔叔年轻的时候就南下打拼，现在生意也做得顺风顺水，家里的条件虽然算不上大富大贵，但也算是中上水平。

表姐又是独生子女，从小到大吃的穿的用的，无一不精，零花钱更是多得让我嫉妒。每次一起出去玩，我总是鄙视她花钱如流水的行为，然后装作"勉为其难"的样子接受她的礼物。

紫涵的家境一般，父亲是一名木匠，母亲没有工作，有空就出来摆个地摊，家里还有一个哥哥。所以，她们出去玩的时候，都是表姐花钱多一点。但表姐从来不在意，因为她待人一向大方，何况她们是那么好的朋友。

高考结束，因为表姐的成绩一直没有紫涵好，所以只报了一个三流的学校，她们终于被现实分开了。后来大学毕业，表姐去了自家的公司，每个月什么都不用做就可以轻轻松松拿工资。紫涵却留在了外地，每天为了面试找工作而奔波。

常听人说，爱情里的双方需要门当户对，其实友情也是：无论是家庭环境还是物质基础，当双方站在严重倾斜的天平上时，往往会滋生很多龃龉。

因为家庭的原因，紫涵一直很努力，所以大学毕业后的第一份工作，她也十分珍惜。可是刚步入社会的小姑娘会遇到很多挑战和选择，她的领导是一个有家有室的中年男人，肥胖身材，中等身高，油头粉面，经常利用职位之便对她进行骚扰。

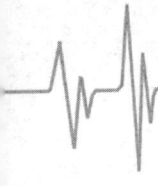

有一次,她生病了不舒服,领导打着探望的名号,一到宿舍就对她动手动脚。她因为工作的关系一直隐忍不发,尽量避免和领导过多接触。

表姐知道后就一直劝她辞职,可是她一直很犹豫,因为这份工作对她来说很重要,她不想随随便便地放弃。表姐看不过去了,说:"这种事情有一就有二,你以为你是在维护和平,其实就是因为你这种害怕丢工作的心理,默许的态度,助长了这些禽兽的威风,你现在不拒绝,以后他就会变本加厉。"

"你知道这份工作对我来说有多么重要吗?我不像你一样运气好,有一个好的家庭,有钱的父母,不用一毕业就辛苦地找工作,可以想干什么就干什么。我不行,我没有你这么好的运气,我只能靠自己努力。"

运气对一个人的成功到底有多重要?

《青云志》中的主角张小凡,普通的身世,普通的相貌,普通的资质,他刚上青云门的时候,每个人都不愿意收他为徒,跟资质上佳的发小比起来,他就是普通得不能再普通的平凡人。

可就是这样一个在众人看来平平无奇的人,在七脉会武的时候,打败了门派中最出类拔萃的师姐——只因为他运气好,无意间获得了世间最厉害的两件法宝,又身怀两派真传,从此所向披靡,在男主角的道路上越走越远。

我们看过很多影视作品和文学作品,其中的主角总是在危难时刻,有人从天而降帮助他们,他们怎么死也死不了,这就是所谓的主角光环。

很多时候现实就是这样,即使你再努力再辛苦,毕业后你还是要住在几百块的合租间,吃着廉价的泡面,从早上面试到晚上,为了一份只够养得起自己的工作,一个人在外孤苦伶仃地打拼。

可是,有的人毕业后就能找到一份让别人艳羡的工作,或者有的人一辈子不工作也不愁吃穿——他们样样不如你,但他们就是可以轻易地成功,因为他们有你没有的运气。

上学时,唯一一次没写作业就遇上老师检查,于是你就成了老师口中经常不做作业的坏学生。而有的同学好多次没写作业,唯一一次写了正好也碰上老师检查,就被老师表扬了半天。

从小到大,你丢了无数次的钱包和手机,没有一次找到过。但同样是丢东西,别人每次都能找到,甚至还有捡到的人主动给他送回来——你只能羡慕别人有这样的好运气,因为你从来没有遇到过。

你喜欢的明星,你费尽心机,每天跟机,去他(她)的粉丝见面会,不知花费了多少时间和金钱。可是有的朋友随便去旅个游,就能偶遇你的偶像,运气再好点的话,还能和你的偶像合照,获得签名照。

有的人出差或者旅游,提前买好了第二天的票,但是因为前一天晚睡,或者其他原因导致第二天早上起晚了,紧赶慢赶地到车站,已经误了时间。但巧的是,有的人也是这种情况,不过当天的班次也正好晚点了,于是顺利地上了车。

读书读得再好,工作再认真,也要奋斗几十年才能买得起自己喜欢的汽车，自己喜欢的房子，甚至在一线城市奋斗一辈子也买不起房子车子。可是有的人运气好，碰上老家拆迁，一夜暴富。

很多人觉得有钱不算是成功，但是我们每个人追求成功就是为了赚钱，然后过上自己想要的生活。

很多人不努力就可以成功，因为他们运气好。但是，运气不好的我们，只能选择更努力——因为努力了，可能还会成功，但是不努力，一定不会成功。

没有天赋，你的努力一无是处

在知乎上看到过一篇文章，问："世界上最无用的东西是什么？"

回答里列出数种，看到第N行的时候，瞬间被击中，一句"天赋不足的认真，无疾而终的深情"让人为之一颤。

再看到文章下方数百人点赞，不少评论都表示"深有同感"：一个青年坦言说，自己就是这个世界上最无用的东西，付出努力仍留不住深爱的人，找工作始终没得到好单位的青睐，身无长物，22岁了还要靠父亲微薄的收入生存。

一个大学刚毕业的女生说，她曾经为了一个男生不惜放弃自己最珍视的尊严，却在心灰意冷时等到了对方的幡然醒悟。可当对方手捧鲜花来向她求婚时，她却发现自己的心已经变冷变硬，不再喜悦……

这篇文章以及这些回答，令我感到世间的一切都是会过期的：信心会过期，一个人的爱会过期。

不知别人是否也有我这样的感受：曾经，当我看到某些人在自己感兴趣的领域取得很好的成绩时，我所投去的眼光却是充满了不屑，心里还会想，也就是我付出的努力不够，我要再奋斗一把，一定能比他更棒！

可是真的轮到自己去做，一年两年做不出成绩，你尚且还可以用时间短来安慰自己；三年四年，别着急慢慢来，坚持下去很快就能证明自己；五年六年，可能我的努力还不够吧，我要再多付出一些；七年八年，九年十年……

渐渐地，那股最原始、最野蛮的韧劲已经开始瓦解，消散，自信不再，甚至会取笑自己是个傻瓜，不知道几斤几两，明明没有那个金刚钻，却偏偏要揽这份瓷器活儿。

我曾在朋友圈写过一个心情：没有天赋的认真充满了痛苦。这个句子不是随随便便写的，而是凝结了我5年来在写作上所付出的点滴心血。

2011年的时候，我因为喜欢写作，应聘到了一家知名的文化出版公司。从第一天上班开始，我就投入了全部的心血。

由于此前没有任何文字编辑工作的经验，所以我被安排在一个流程编辑的岗位——工作很简单，收到作者的成稿，对其进行文字审核和纠正。

下班后，我坚持利用一切碎片化的时间写作，思考，整理文案，可以毫不客气地说，是最大化地利用起所有大脑保持着清醒的时刻。

半年后，在了解和掌握了出版的全套流程后，我开始尝试着与其他公司的编辑进行合作，接他们的选题来写。

2013年，经过长达8个月的努力，我的第一本图书顺利出版上市。收到样书的那天，我甚至兴奋到整个夜晚都无法入眠，最后是捧着那本书进入了梦乡。

第一本书的出版，使我看到了自己的文学之路，仿佛前途是一片光明。我更加努力地工作，努力地写作，每周都要去京城各大书店搜罗购买三五本经典书籍和畅销书籍。

2014年10月，我的第二本图书顺利出版。当时负责策划此书的编辑还曾鼓励我说：加油写吧，我觉得你很有文学天赋，我个人非常欣赏你的文字风格。

那一刻，我承认，我有些沾沾自喜，自以为只要再坚持下去，自己一定能在这条路上杀出一片天。

可是接下来的两年，事情发生了转机——两本书面向市场后，没为我打开任何一点知名度，甚至第一本的首印（5000册）在3年后的今天仍然没有顺利销完。

看到这样的结果，我很为自己难过。

但我仍然坚持写了第3本书，是和一个同样喜欢香港电影的网友合作完成的，献给我们共同的偶像张国荣的一本音乐传记。可能是因为大家都很喜欢他，这本书竟然第二次加印了。

可惜，两次销售的册数加起来仍然不理想。

掐指一算，从在word文档敲写第一个字开始，5年过去了。这5年，我怀揣着一个关乎作家的梦想，时而骄傲，时而辛酸，投入了很多努力，可是结果并不如意。为此，我曾不止一次地想过，要不要干脆就这么放弃？

就是从这里，我渐渐开始领悟到：或许我在文学这条路上，是真的没有天赋可言。

听说一些人会得奇怪的病，很大一部分原因来自家族遗传，于是我去查自己的家谱，终于很失落地发现：从我这代开始，三代以上并无文学家，甚至没有文职工作者。

于是，我有些无可奈何地安慰自己说：算了吧，你生来就没有文学的基因，没有在这方面取得成就也是理所当然的。

可我真的不甘心就此放弃。

的确，没有天赋的努力是很痛苦的。或者类似于明明知道对方不爱你，却仍坚持投入的一份感情。

后来，我终于冷静下来想：是不是自己被这个浮躁的时代所感染，所影响，就因为看到一些同龄人早早成名，受人敬仰或是靠写作赚了很多钱而变得眼红，陷入一场"一事无成的急于证明"。

因为我很清楚自己不算太年轻了，更清楚很多同龄人甚至比我年幼一些的人已经有了不俗的成绩,清楚自己的一事无成,所以我急于证明,想要更快地去做出一些成绩。

互联网如此发达,使人们足不出户尽知天下大事。每个人都有自己关注的领域。我敢说,很多人并没有忘记梦想,而是那些有梦想的人,都因为暂时对梦想的无能无力,而逐渐丧失了对自我的认知。

在知乎上写下"天赋不足的认真,无疾而终的深情"的人,他(她)的人生经历了什么呢?或者他也曾因为天赋不足而始终无法朝着梦想之地进发,或许也深陷囹圄,对一个不爱自己的人付出过深情。

是,天赋是可贵的,不可能每个身怀梦想的人都会拥有。但正是因为没有天赋,正是勤勤恳恳地坚持努力,才让那个人写下如此令人惊叹的词句。

我甚至开始由衷地相信,那些世界上各行各业的名人,他们是因为足够的努力才取得了今天的成就,以至于一些人突破了史上极限,被我们称之为是极有天赋的"神":比如魔方玩得出神入化的菲神。

泰国电影《30+单身贩售》中有这样一段故事:摄影师拍出一张鲸鱼出海的照片,看起来非常真实,媒体纷纷称赞他的拍照天赋。一个观赏者自言自语地说:"为什么会拍得这样好呢?"

正巧摄影师听到了这句话,他回答说:"我每天早上凌晨5点就乘船出海,一直等到日落黄昏,可每一次,都没等到鲸鱼展现最美的状态。在最后一次,我自己都等得有些灰心,天色一点点暗下来，出乎意料的，这条鲸鱼飞身跃出了海面，就那么几秒钟的时间，我奋力抓拍连按20多次快门，最后只找到了这一张最好的照片。"

常人以为那不过就是一种天赋，却不知——那是别人日复一日的努力与坚持。

所以说，没有天赋就没有天赋吧，没有天赋可以让我们这些平凡如蝼蚁的人，投入生命里的每一分每一秒，实实在在，很纯粹地去付出努力——就算终点穷其一生不可抵达，至少我们从未自行终止奋斗的这条路。

第六章
独立的背后都是眼泪，坚强的里面都是伤疤

> 长得丑还没钱的男人，可能更花心
> 鸡汤有毒，适量饮用
> 因为自恋，所以光棍
> 吵架并非最好的情话，掏钱包才是
> 别去恨前任，只怪自己太痴情
> 独立的背后都是眼泪，坚强的里面都是伤疤
> 人这一生都在做一个游戏：找自己的主场
> 惊鸿一瞥终化作瞎了狗眼

长得丑还没钱的男人，可能更花心

前几天同学跟我讲了个八卦，我们大学同学中的一对情侣分手了，当时是我们班同学都很看好的一对。

果然，大学里的恋爱很常见，也是很美好的，但是真正能走到最后的还是寥寥无几。

算起来他们在一起已经很多年了，一直以为他俩毕业后就会结婚，但是毕业后大家各奔东西就没有关注过他们的动态，忽然听到他们分手的消息，还是有点难以置信。

我按捺不住好奇心，追问了他们分手的原因。

"听说是男生太花心，和好几个女生暧昧，微信记录不小心被女生看到了。"

"怎么会，他看起来不像是这种人啊？"

说实话，男生长得一般，眼睛小小的，还有点微胖。女生就长得很漂亮，白白净净的，一笑起来还有酒窝。

"是看着不像，谁会知道长得丑还这么花心啊，当时看着还觉得挺老实的。"

是啊，在感情中劈腿出轨的现象多不胜数，但往往让我们想不到的是，那些明明长得丑的人竟然还会出轨。一旦遇到这种情况，我们就好像看见太阳从西边出来一样，觉得不可思议。

但是，长得丑还没钱的人，难道真的不会花心吗？

最近热播的电视剧《微微一笑很倾城》，无数的妹子被男主角圈粉，剧中杨洋饰演的男主角肖奈，不仅是计算机系的天才，更是游戏中的大神，双重身份刚一出场就俘获万千少女心，就连剧中的美女学霸都未能幸免。

可是肖奈大神的魅力仅仅是因为成绩好，长得帅，家里有钱吗？不仅仅是，最重要的是，他对女主角的深情、专一、信任。无论女二号长得多么好看，多么喜欢他，我们的肖奈大神始终不为所动，只为女主角一人倾心，深情不悔。

仔细想想，从小到大，不论是看电视剧、看电影、看小说，对感情从一而终的反而是那些有钱又帅的男主角；女主角在经历了前任的各种花样劈腿之后，遇到了有钱又帅的男主角，从此幸福地生活在一起，过上王子和公主般的快乐生活。

反观那些劈腿的前任，长得有男主角帅吗？比男主角有钱吗？并没有。但是他们花心的借口却花样百出，白玫瑰想拥有，红玫瑰也不想放弃。

身边的同学、朋友陆陆续续迈进婚姻的殿堂，我妈替我收请帖都收到手软，甚至不止一次地问我打算什么时候结婚。

我每次都含糊其辞，支支吾吾地搪塞过去。后来实在逃不过去，我决定跟妈妈进行一次成年人与成年人之间的对话。

"我也不要求你找个多有钱的人家，普普通通的，能对你好就行。"我妈一直觉得"门当户对"很重要，平凡家庭找个太优秀的男友怕我以后受委屈，也从来没想我能找个有钱人家嫁过去不愁吃穿。她一直希望我能有个轻松安稳的工作，找个一般的家庭，平平淡淡过好一生。

"那什么才叫对我好，总得有个标准吧？"

"不要找太帅的，太帅的不靠谱，也不会体贴人。不过长相什么的其实不重要，重要的是人品，老实，上进。"

你看，我妈或许在其他方面很开明，但在"帅等于不靠谱"这件事上，是很坚定的。

"长得丑的就一定靠谱吗？"

我想起之前网上有个很火的帖子，叫《818，那些年长得丑还出轨的男明星》，那为什么不叫《那些年出轨的男明星》，而要强调"长得丑"还"出轨"的男明星呢？

这说明，很多人在心里已经认定：一个人如果长得丑，那他是肯定不会出轨的，因为"长得丑等于好男人"。

甚至也可能是，他们不能相信一个长得丑的人还会出轨，出轨这种事是长得好看的人才会犯的错误呀——他长得这么丑，他能跟谁出轨？是呀，他跟那些认为"长得丑等于老实"的人出轨。

后来，我和我妈的讨论点，已经完全从我什么时候结婚跨越到为什么长得丑又没钱的人也可能会出轨上了。

为了论证我的观点，我绞尽脑汁，把那篇帖子上列举的出轨男明星数了一遍，又把我知道的长得帅又顾家的男明星再次数了一遍，甚至用《西游记》里长得帅的唐僧和长得丑的猪八戒进行了一次彻底对比，并在最后振振有词地说："老妈你看，长得帅的比长得丑的靠谱多了；长得丑的不仅丑，还花心。"

人们常常爱说，上帝在关掉一扇门的时候，往往给你打开了另一扇窗。所以，当一个人又有钱又长得帅的时候，人们往往会下意识地用最大的恶意揣度他，认为他肯定花心，就算不花心说不定也有暴力倾向。

总之，他帅又有钱，肯定是有别的毛病。

相反，一个人如果长得丑，人们就会用最大的善意来安慰他——他肯定很有才华，就算最后知道他成绩很烂，学历不高，也认为他一定是善良或温柔的，这样才公平。

但是大多数长得帅的人更看重对方的内在，也不太在乎自己的另一半是否漂亮，是否有钱。而长得丑的人，大部分会有自卑心理，常常会不自信，导致一些人只能在"花心"上来证明自己，寻找存在感。

人们越是缺少什么，越会追求自己缺少的东西。事实上没有任何一项研究能表明，长得帅又有钱的人比长得丑还没钱的人更花心，更容易出轨——花心这种行动和长相没有任何关系。

至于那次讨论的结果，不提也罢，我妈只用了一句话就让我哑口无言，并且让我几天都萎靡不振："长得帅又有钱的能看上你？"

那既然长得帅的花心，长得丑的也花心，倒不如选择长得帅又有钱的，起码看着舒服！

谁的父母不想自己孩子能找个又帅又有钱的男朋友呢？

现在要做的是，更加努力地全方面提升自己，让有钱又长得帅的人选择你而已。

鸡汤有毒，适量饮用

公司有个女同事平平，今年 32 岁，在这个年龄段的很多女人，孩子都可以打酱油了，可是我这个同事到目前还没有男朋友。我们也经常八卦地问她，为什么还不找男朋友。她表示一直没遇到合适的，不想将就。

仔细想想也是，结婚是一辈子的大事，确实需要好好重视——其实，我们心里也都觉得这个年龄已经不小了，再不找的话就晚了。但是鉴于说出来很可能伤到平平的自尊心，所以，具体行动就表现为：大家争先恐后地给她介绍男朋友，并坚信她很快可以遇到她人生中的真命天子。

同事陆陆续续给平平介绍了很多朋友，但平平都拒绝了，要不觉得人家有点矮："我爸说了，男朋友不能比他还要矮。"

要不就是觉得人家穷："结婚必须要买房买车，还得全款。"甚至连穿着也可能不符合她的审美："每天穿格子衫配牛仔裤，换都不换。"

据平平说，她爸爸有180cm。她自己倒是不高，160cm不到，而且皮肤有点黑，还有点胖。平时呢，也穿得很休闲，T恤配牛仔裤，一年到头都是运动鞋。

"那你到底想找个什么样的？"

"没什么要求，感觉到位就行。"

合着你说的没什么要求的意思就是，身高180cm以上，有车有房，又有品位？

女人或许对八卦永远充满好奇心，但往往都是3分钟热潮。在经历了短暂的相亲风波以后，公司的同事都渐渐没有了当时的热情，这件事也就不了了之了。

后来不知道过了多久，突然听到平平要去约会了，一下子又引起了大家的好奇心。大家七嘴八舌地发问，平平也一脸甜蜜地一一应答："180cm呢，太高也不好。""家里也买好了房子，在市中心。"

我们心想，这下好了，总算是守得云开见月明了。

得知明天就要约会，大家又你一言我一语地出谋划策："我知道一家店的衣服还不错，不如我们今晚去看看，挑件漂亮的，明天亮瞎你男朋友。""对了，今晚还要先去做个美容，明天才有更好的状态。"

"我什么也不用准备，就按照平常的样子没什么不好的，倒腾那些干什么？"见大家不解的样子，平平以一副智者的神态告诉我们，"一个人如果不能接受最差的我，那么也就不配拥有最好的我。如果他真的喜欢我的话，是不会介意外表的，我相信他是一个有品位的人，喜欢的是我的内在。"

我听了之后却不敢苟同。

现在的时代就是一个看脸的时代，你或许要说长相是天生的，是无法改变的，但是你连努力改变自己的想法都没有，别人凭什么要去注意你的内在——一个人能接受你最差的一面，那肯定是先被你优秀的一面吸引之后，才会愿意接受你的不好和缺点的。

有些人永远学不会从自身找原因，只愿意相信所谓的心灵鸡汤，认为自己现在单身是因为上帝把最好的都留在最后，甚至天真地幻想着灰姑娘的故事会发生在自己身上。

然而，这世界上没有任何人会无条件地接受你最差的一面，即使是你的父母，他们也只会因为你的优秀而感到自豪。如果真有人可以无条件地接受你最差的一面，那这个人肯定比你还差！

公司最近人员调动得很厉害，走了一批员工，又来了一批新员工，我们组的经理也因孕产期将至递了辞呈。为了公司的效益，领导决定尽快找人填补经理的空缺，我们也都暗地里以为，这个经理职位肯定是要落到同事小S的头上。

小S是我们办公室最勤奋努力的员工了，每天早上八点半上班，她一般八点就到公司了，晚上下班也是走得最晚的一个，甚至有时候深夜刷个朋友圈，都常常可以看到她刚发的状态：

"还在加班,连晚饭都没吃。因为你必须十分努力,才能看起来毫不费力。"并配上一张自拍。

朋友圈底下一大片评论:"心疼,要多注意身体。""看到你这么努力,我都不好意思去睡觉了。""这么拼,相信你一定会梦想成真的,加油!"

小S也一一回复了他们,表示这些都没什么,并且再写上一大段:"趁着年轻多拼一拼,总是好的""只要努力了,就一定可以成功"这些听起来正能量的鸡汤来鼓励大家。

于是,有些同事开始断言:这么努力工作,经理的职位非你莫属了。小S也谦虚地表示,自己还有很多不足的地方,实在难以担此大任。

到文件下发的时候,结果却出乎大家的意料:经理的人选是办公室里一个非常低调的同事。大家都不明白,这位新上任的经理每天按时上下班,从不加班,和其他员工没什么两样,为什么可以成为经理呢?

如果别人一天就可以完成的工作,你需要两天来完成,甚至为了不耽误第二天的工作,你加班到深夜不吃不睡努力做完,别人可能觉得你很努力,很拼。但是领导不会,他只会觉得你笨,很简单的事情你却需要比别人付出两倍的精力来完成——从利益的角度考虑,你已经给公司带来了损失。

小S确实每天加班到很晚,看起来也比别人更努力,但是上班的时候却又经常刷朋友圈,看小视频,给同事讲小笑话。然后在别人已经休息的时候,发一条加班的状态,以此来表现自己的努力和拼命，以为自己在工作上投入了大量的时间和精力——即使结果可能不尽人意，但是仍然坚持认为自己已经努力了，未来就一定会成功。

然而，你的努力并没有让你看起来毫不费力，相反，那些从来不加班，按时上下班的人才是真正看起来毫不费力的人。

有人常说，看过这么多道理却依然过不好这一生。他只是没明白：真正强悍的人生不该靠段子来激励，也不会被段子打败。

鸡汤有毒，适量饮用。

因为自恋，所以光棍

"自恋"一词，译为自我陶醉的行为或习惯，百科把它归类为一种人格障碍。障碍这个词，可以通俗地解释为阻挡你前进的意思。

自恋型人格障碍的特征有很多，其中有一类表现为：亲密关系困难。

仔细关注一下身边的单身人士，你会发现，他们大多有房有车，高薪厚禄，背景清白。甚至有些男生保证：结婚后房子写对方名字；生产时首保大人；生儿生女都一样。

我有个从小一直玩到大的邻家姐姐，今年28岁，待字闺中，最近她父母一直在张罗着给她相亲，准备能赶在明年年底结婚，毕竟这个年纪在父母看来也老大不小的了。

我们经常腻在一起聊八卦，聊她即将出现的另一半。

"不用太高太帅，但一定要温柔体贴。总之，也没有什么太多要求，感觉对了就行。"每次我一问她对另一半的幻想，她就用这种不在意的态度来应付我，完全感受不到她对终身大事的重视。

后来没几天她就顺利脱单，听说对方在银行工作，再过不久就可以升到管理层，前途光明。人长得又帅，高高瘦瘦的，看起来很斯文。就是年龄有点大，年底就35岁了，但是长辈都觉得大一点懂得照顾人。

总之，双方父母都很满意，就等着操办婚礼了。

从那之后，我们就很少见面了，估计她正沉浸在恋爱的甜蜜里。

我自觉地不去打扰，一心想着等到她结婚的时候，一定要包个大红包。所以当我接到她的电话，说他们已经分手了，可以继续我们堕落的单身生活时，我赶紧看了下日历，确定不是愚人节，然后郑重地警告她：坦白从宽，快快从实招来。

"我跟他三观不合，互相迁就太累，不如早早分手。"

"讲清楚点，这世界三观不合的到处都是，不是照样过得好好的。"

"我们交往了一个月的时候,有次他带我参加他朋友的聚会,当时我还挺高兴的,觉得这是一种重视我的表现,还专门打扮了一番。"

她本身就长得很漂亮,皮肤白,眼睛大,还有一头让我嫉妒的乌黑秀发。我想着当时的场景,那些人肯定都被我这位姐姐亮瞎了钛合金眼。

"然后就有人问起,我是做什么工作的,我们是怎么认识的。我刚想回答,他就替我回答了,说我们是同事,我是他单位的职员。我一下就愣住了,之后的其他活动我都提不起兴趣。

"回家后,我越想越难受,打电话问他为什么这么说。他解释说,觉得我们是相亲认识的说出来有点丢人,又说怕他的朋友看不起我的职业会让我难受,这样才说我是他的同事,他是为了我好。"

依我看,不是他那些朋友看不起他女朋友的职业,而是他自己看不起她的职业,觉得说出来会让他面上无光——他完全是为了自己的面子,才冠冕堂皇地说是为了我这位姐姐好。

我姐姐虽然只是一家私企的小职员,工资不高,但是职业没有贵贱之分,任何职业都是值得被尊重的。

"每次都是一副高高在上的样子,还说以后生了孩子不能让我父母带,嫌我爸妈是普通工人,对孩子教育没什么帮助。我爸妈怎么带不好了,我长这么大都是我爸妈的功劳,我挺自豪的。算了,不提他了,活该他这么大年龄还单身。"

当初相亲的时候,双方的条件都是了解过的,你既看上了别人的外表,又嫌弃别人的职业,觉得对方配不上你,但是你愿意替别人遮掩,你觉得你是大爱无私——其实你是过度膨胀,通过无止境地贬低另一半来凸显自己高不可攀的地位。

你还沾沾自喜地等着别人来感恩戴德,整天一副这样的姿态:"我这么优秀,你配不上我,但是我不介意,我就是这么伟大。好了,你可以开始跪舔了。"

给我,我就反手一巴掌:"做你的春秋大梦去吧!"

想到之前看到的一个笑话:一哥们让我给他介绍女朋友,要求身高160cm以上,可爱点。我就去问了符合该条件的女生,女生要求对方有房有车,月入万元以上,身高175cm以上,长相英俊。

随后我又去问了符合该条件的男生,他对女生的要求是身高170cm,漂亮,会做家务能赚钱。我又去找了符合条件的女生,她的要求是男方事业有成有别墅,身高要180cm。

都给我好好单着吧!

这只是个笑话吗?它只是用人们可以接受的方式表达了某些人命比纸薄、心比天高的现状,一心想找个十全十美的另一半,殊不知天外有天人外有人,一心更比一心高。

你嫌弃他赚钱不行,他嫌弃你长得不漂亮;明明在别人看来他是温和有礼,可是你却骂他碌碌无为没出息;明明在别人看来她是时尚漂亮,你却嫌弃她笨手笨脚,家务都做不好。

终于有一天,她变得漂亮能持家又会赚钱,你走哪儿都愿意向别人夸起她,觉得带她出去倍有面子。可是有一天,你发现她却在背后偷偷跟朋友抱怨:"我觉得带他出去丢人。"

她终于成了你想要的模样,而你却变成了她完美人生中唯一的不完美。

爱一个人不是只看到对方的优点,忽略他们的缺点,而是明知道对方的缺点,依然愿意接纳和包容。

爱情不是盲目,更不是打击,通过贬低对方来抬高自己,以达到自己高人一等的目的,还美其名曰是鼓励对方。

这种方式非但没有任何意义,甚至在外人看来是一种非常没有品德的行为。等到有一天对方终于忍无可忍,离你而去,你还以为对方是知难而退,深感配不上你只好掩面而走。

实际上,你种种自恋的行为,在对方看来都像跳梁小丑。直到你发现自己不仅找不到对象,还交不到朋友,这时你才恍然大悟:这些凡夫俗子,哪懂得高处不胜寒。

吵架并非最好的情话,掏钱包才是

要问感情中最让人受不了的是什么,绝对是冷暴力——威力不逊于原子弹,只要一点,女生立刻就炸,百试不爽。

一旦感情中有了矛盾和摩擦，男生总是想着女朋友现在还在气头上，说什么她也不会听进去，不如等她冷静下来，我再和她解释。

而女生呢，想着他竟然还不解释，果然被我说中了——好，你不理我我也不理你，看谁坚持的时间久。

等到过了几天，再想去和女朋友解释的时候，你哪还有女朋友？

吵架只是感情生活中的调味剂，是用来解决问题的一种途径，适当的吵架还可以让两个人的感情升温。难道吵架的夫妻俩就一定不恩爱吗？从来不吵架的夫妻就一定恩爱有加吗？都不尽然。

近两年红包兴起之后，引发了一系列的"纠纷"：父母向子女表达疼爱，发个红包；朋友之间有事相求，发个红包；情侣之间分隔两地，发个红包问候一下。

那段时间，几乎每个人都时时刻刻抱着手机，有一个红包没抢到就捶胸顿足。其实并没有多少钱，但就是享受抢红包的过程。时间长了，就开始出现各种各样的问题了。

之前刷微博的时候，看到一个女生吐槽：情人节那天，男朋友给她发了66.66元的红包。她男友平时总说什么"以后赚了钱都给你，你想买什么就买什么"，但是交往半年，却没有给她买过一件像样的礼物，就连她过生日的时候都没什么表示。

直到这次情人节，男朋友终于良心发现，给她发了这个红包。她当时觉得很高兴，结果看见朋友圈的朋友秀恩爱，人家男朋友都是发了 520 元、999 元，甚至还有发 1314 元的，她就有点不高兴了。

和男朋友抱怨之后，男朋友说不用在乎这些形式，以后赚了钱不还是都给你。她又说，你工作这么久，一分钱也没有给过我。男朋友就开始生气，说她虚荣，拜金。

她气不过，就发帖吐槽，想知道男朋友是不是太小气了或者根本不爱她，所以，她请求广大网友给她分析一下：是她想多了，还是男生真的都是这样，甚至最后她还问网友该不该和男朋友分手。

我好奇地点开网友评论，一看，大部分都是这样写的：

"你男朋友太抠了吧，我生日的时候，男朋友给我发了 520 块。"

"一个男人如果爱你的话，是肯定愿意给你花钱的。相反，不愿意给你花钱的男人不是真的爱你。"

"妹子，我给你发个红包，你和你男朋友分手吧。"

其实男朋友不在身边，逢年过节的发个红包聊表心意，本来是一件很浪漫的事情，但是往往会引起更多的误会——双方都有理，最后只能引发一场世界大战。吵架也吵了，解释也解释了，但问题还是没有得到很好的解决。

前段时间，电视剧《何以笙箫默》一经播出，立刻火遍大江南北，剧中钟汉良饰演的男主角霸道、深情、多金，简直是广大女性心目中最完美的白马王子。更让女生尖叫的是，女主角无论要什么东西，男主角绝不含糊就掏钱包，一个字：买！

多少女生希望自己的另一半也能像剧中的男主角一样体贴，你想去买买买，男朋友立刻说刷我的卡——要说世界上男生做什么动作最帅，那绝对是掏钱包。

女主角呢，有一个同样有钱的前任，但是她从来不会向前任要一分钱，甚至是送她礼物她也不会收。因为她不爱他，所以连花他钱的想法都没有——但却心安理得地接受了男主角给的卡。

一个女人爱你，她才会想要花你的钱；不爱你的话，你的钱丢在地上她都懒得去捡。

最近网上有两张很火的图片，一张是用各种口红和眉笔拼出的：做我女朋友。另一张是一沓沓百元钞摞在一起，最下面放着一张纸，上面写着：请原谅我。

这才是表白和道歉的正确打开方式。

如果你惹女朋友生气了，你们大吵一架之后还是没有好转，反而越吵越严重，快到分手的地步了——没关系，赶紧发个红包解救一下。如果这世界上有一个红包解决不了的事情，那就发两个红包。

很多男生都觉得，女朋友因为生日或者纪念日没有收到礼物就发脾气，甚至严重到闹分手是很不可理喻的一件事。甚至还有些男生认为，女生向自己索要礼物是很虚荣、拜金的行为，怀疑对方根本不爱自己，只是看上了自己的钱。

其实呢，比你有钱的多得是，你是比人家长得帅还是怎么的，女朋友就非得赖着你？女生需要的从来不是礼物、金钱，而是觉得男人肯为她花钱是信任和爱的表现。

当女朋友熬夜陪你看球赛的时候，当女朋友下班后为你洗衣服的时候，当你打完游戏看到餐桌上的饭的时候，你又为女朋友做过什么呢？

你什么也没做过，因为你不知道可以为她做什么。其实，你完全可以在饭后带她一起逛逛街，然后在她看中什么的时候微笑地掏出卡，并深情地对她说："密码是你的生日。"

曾经微博上特别流行一句话：世界上最心酸的事，就是在你最无能为力的年纪遇到了你最想照顾一生的人。这句话成为那些因为胆小、懦弱而错过爱人的失败者最后的安慰。

《喜剧之王》里有个经典片段：尹天仇站在阳台问柳飘飘："不上班行不行？"

柳飘飘回道："不上班，你养我啊？"

那时候尹天仇只是片场一个跑龙套的，没有收入，只有一份盒饭，但是他看着柳飘飘的背影喊了一句："我养你啊！"即使他连养自己的能力都不够，但他仍然想要养她，为她花钱。

当你喜欢一个人的时候，花钱是最能直接表达爱的方式：我喜欢你，我控制不住自己就想给你花钱，看到好看的就想买给你。

爱情不是金钱，但是爱一个人就是想为她花钱——世界上最美的情话不是"我爱你"，而是"刷我的卡"。

所以，在这里奉劝各位，在吵架的时候，能用掏钱包解决的事情，我们尽量不要心平气和。

别去恨前任，只怪自己太痴情

"我这么爱他，他怎么可以这样对我？"我拿着电话，听着那头愤怒却又无助的哭声，不知道该怎么安慰徐慧。

每一段感情失败的时候，被抛弃的人都会发出这样的疑问：我这么爱他，我对他这么好，我为他放弃了这么多，他怎么可以这样对我呢？

对呀，他应该把工资卡都交给你，下班回家早的话还要帮你做做家务，周末带你出去旅游，时不时地给你点小惊喜，这样才对得起你的一片深情。

徐慧是我大学时的舍友，高三时和男朋友认识了，上了大学两人没在一个学校，也不在一个城市，但是仍然坚信两个人能熬过异地恋，在不远的将来踏入神圣的婚姻殿堂。每天晚上都会打电话或视频，只要是闲着，就可以看见徐慧抱着电话笑得一脸甜蜜，更时不时地跟我们分享他们之间肉麻的聊天记录。

听室友说，徐慧和男朋友的相识是在一个浪漫的午后：她骑车从校门口经过，正好撞上了从对面而来的他，然后他们就这样相识了，并且坚定地认为：这种小说中才会出现的狗血剧情发生在自己身上肯定是有什么寓意的，于是他们一不做二不休干脆确立了恋爱关系。

恋爱中的人总是智商为零，他们的所有生活重心全部放在另一半的身上。

我们一起逛街买衣服的时候，总是不停地挑选喜欢的衣服，一件一件不厌其烦地试穿，可是我那位陷在爱情里无法自拔的舍友却每次都盯着男装，一脸幸福地说："我男朋友穿这件肯定很帅。""这件也不错，跟他的风格很搭。"

我们每次都会嘲笑她像个白痴，眼里心里都只有她男朋友，但也真心为他们高兴，衷心希望他们能有情人终成眷属。

刚开始异地恋的时候，两个人都对彼此有信心，加上刚入大学的新鲜感，觉得世界的一切都是那么美好。而且在周末或者假期，男朋友也经常花上两三个小时的车程来陪她。我们老远看见，还会故意地调侃他们。

徐慧的生日，他们的爱情纪念日，男友也从来不会忘记，会提前给徐慧寄礼物，那时候我们都很羡慕。只是那时的她和我们都低估了异地恋的影响，也或许我们高估了他们的感情。

异地恋的坏处就在于不能随时随地见到面，经常让一些小矛盾被无限放大——你发的信息他没有及时回，一次两次的你不介意，十次八次的你就开始怀疑，开始质问。对方又一副我没错，没什么好解释的态度，你就开始觉得他变了。

或许对方只是在忙，也或许只是凑巧。但是恋爱中的人往往都是敏感的,你开始列数他之前的种种不好,他也开始指责你变得不可理喻,因为以前你一直是温柔文静的。

你们互相指责,越说越火大,吵架的次数也越来越多,时间一长,终于在你又一次说出"分手"的时候,他沉默了一会儿之后,竟然说"好"。

明明以前你一说分手,不管是谁的错,他都会立刻道歉,并保证以后再也不惹你生气了。可是,这次他终于同意之后,你开始不依不饶了。

"我们在一起那么久了,从高中到大学毕业,这么多年,我一直以为我们会永远在一起。他说拿生活费偷偷用来买游戏装备,我二话不说给他打钱;他感冒发烧了,我就算没时间赶过去,也会拜托他的舍友给他买药。我对他这么好,我这么爱他,他怎么可以这样对我?"徐慧语无伦次地诉述着她的委屈、前男友的无情。

我想起,曾在宿舍吃着西瓜看电影的时候,她却还要兼职赚钱给男朋友买礼物。我们感叹爱情伟大的同时,却也准备对爱情敬而远之——男朋友再重要,也比不上西瓜空调啊!

我想起,有时候大半夜醒来还能看见她在跟男朋友通电话,即使第二天要早起考试,她也可以因为男朋友的失眠而放弃睡觉,直到男朋友有了困意。

我想起,她会因为男朋友的一句"想你了",就不远千里逃课去见他。

"上次他说分手,我知道是我无理取闹了一点,但是我也道歉了。我知道一生气就说分手是我不对，但我是想他挽留我啊！我去了他们学校，在他宿舍楼下等了两个小时，他当时原谅我了，我们就和好了。

"可是现在才过了多久，他怎么可以真的不要我了？他说他累了，不想再继续了，可是我们这么多年的感情，怎么能说放下就放下？"徐慧在电话那头泣不成声，反反复复地说着他们多年的感情。

在你看来，是这么多年的感情，可是对于对方来说，不爱就是不爱了，没有感情的关系完全没有维持的必要——你硬要维持，那痛苦的将是两个人。

有情人终成眷属的前提是两个人彼此都有感情，爱情从来不是一个人的事情，也不是一个人有感情就能维持得了的事情。

异地恋从来不是感情破裂的借口。

或许你会想，我们曾经那么相爱，他现在只是误入迷途，我再努力一点，他肯定能记起我们那些曾经的美好；只要我不放弃，他早晚都会浪子回头的。可是所有的恋恋不舍对于不爱的一方来说都是打扰，不爱了就是不爱了，再勉强也是徒劳。

为什么你这么爱他，他还是狠心抛弃你呢？因为不是世间所有的深情都不会被辜负，从来没人说过：你一定要对他多好，他就不会和你分手；你一定要多么爱他，他就会一直和你在一起。

反而很多人都会劝说：你不要对我这么好，我没什么报答你的；你不要再喜欢我了，我是不会喜欢你的。

你还是一心扑在自以为伟大的爱情上，以为他终会被你的痴情感动，可是被感动的从来不是爱情，而是同情。

独立的背后都是眼泪，坚强的里面都是伤疤

记得上学的时候学过一篇课文《我与地坛》，作者是史铁生先生。还记得当时老师这样介绍，史铁生先生是当代中国最令人敬佩的作家之一，虽然因病导致双腿瘫痪，但他多年来与疾病顽强抗争，在病榻上创作出了大量优秀的文学作品。

我印象最深刻的是，他曾说过这样一句话："职业是生病，业余在写作。"这话充满了自我调侃，即使是身体残缺，也没有自暴自弃。世人都说，即使他经历的是常人难以想象的苦难，但他的文章却难得表达出对生命的乐观态度。

但是我却想说，他能创作出这么多流传于世的优秀作品，是因为他在这些成就的背后，承受了太多的苦难和折磨。

从小到大，看了太多的名人传记，很多人不像普通人有健全的身躯，却有着异于常人的坚定毅力，他们在各个领域取得了不凡的成就。但是人们关注更多的是，他们成功之后的光鲜

亮丽，而对于他们究竟克服了多大的困难，熬过了多少病痛，却很难体会其中的万分之一。

小时候还不能真正懂得坚强的含义，以为身体健全就可以避免这些苦痛。长大后才发现，这世间有万般不幸，只是人们用泪水和痛苦将伤疤雕刻成了铠甲的模样。

白经理是我们公司最受人敬佩的女强人，虽然已经30多岁了，但是保养得宜，身材高挑，常常让人看不出她的年龄。而且她经常把头发盘起来，又戴着一副无框眼镜，每每看见她，都像看到我上学时候的教导主任，自有一番气势。

听说白经理上大学时追她的人能绕操场两圈，其中也不乏特别优秀的追求者，但是白经理从来没有接受过任何一个人。因为她有一位从小一起长大的青梅竹马，毕业之后，两个人就结婚了。

起初，白经理的家人并不同意这桩婚事，嫌弃男方家里条件不好，怕白经理嫁过去受苦，可是白经理一意孤行，最终还是和爱人步入婚姻的殿堂。

白经理为人很好，虽然看上去始终是一副严厉的样子，但是内心非常柔软。据说刚结婚的时候，白经理和爱人过得很清苦，因为男方父母都是农民，连婚房都没有，最后东拼西凑地借了钱盖了间房子，婚后没多久他们就去了外地拼搏。

听白经理说，那时候她老公连馒头都舍不得多吃一个，能不吃就不吃，饿了就喝水。可是即使生活再艰苦，白经理当时也没向家里要过一分钱。

白经理很要强，这点我们都看得出来。

后来她怀孕之后，他们的生活就更加拮据了。生完孩子没多久，白经理就开始重新找工作，想要帮家里分担一些开支。

那时候他们两个人一起努力赚钱，生活还算可以。渐渐有了积蓄之后，白经理的老公就开始自己做生意，接下来的日子，一切都渐渐好了起来，不仅买了房子，还买了车。白经理也在丈夫的要求下，辞职在家，专职照顾家庭。

可是这世界上的夫妻大多只能共苦，不能同甘——什么都没有的时候，两个人只有一个目标，并且为了这个目标努力奋斗；什么都有的时候，人心底的欲望也开始被唤醒。

白经理是一个眼里揉不得沙子的人，她毅然决然地选择了离婚。一个离了婚的女人还带着孩子，可以想象以后的生活会有多么艰难，可她还是一个人扛过来了。

白经理拒绝任何人的帮忙，即使是自己的家人，她也没有求助过，她的自尊和倔强不允许她向任何人低头。好在白经理生就女儿身，心性却甩众多男人几条街，很快就振作起来，东山再起。

她开始拾起以前的专业，规划自己的未来，一步一步，慢慢地学习新知识。可是跟时代脱节太久，很多东西学起来都很困难，但是她仍然咬牙坚持下来。

她给自己定制的改变计划，第一步就是从自己的外形开始。

由于长时间的不运动和不出门，她想要恢复以前的身材还是有点难度的，因此她每天早上5点坚持起来跑步，锻炼身体。

送完孩子上学之后，就赶紧去参加报考的培训班。

那段时间据白经理讲述，是她人生最黑暗的日子，她只能自己咬牙坚持。

现在，无论是大会议小会议，总是能听到老总对白经理的赞美，同事们也都羡慕和敬佩白经理的能干。

白经理总是笑笑不说话，因为她知道，那些加班累到昏倒，一刻不敢歇息的时候；那些深夜独自哭泣，还要强忍哭声不敢吵醒孩子的时候；那些生病也舍不得去医院，只能吃点药熬过去的时候，说出来，也没人会感同身受。

从小到大，听过最多的一句人生忠告就是："女孩子一定要坚强独立，不依靠任何人，才能活得自在。"

新世纪的女性最明显的特征就是越来越独立、坚强，似乎越独立就会越幸福自在。

我们从小时候就热切地渴望独立，以为离开家，离开父母就是一种独立的表现，以为独立就是自由，自由了就幸福了。然而等到真正独立的时候，才发现独立、成熟的背后，是在外人面前的强忍泪水和故作坚强。

生活从来都不是一帆风顺的，会有很多的磨难和挫折阻挡着我们。虽然不是每个人都能在跌倒之后重新坚强地站起来，但是那些在外人看来挺直腰杆继续前行，看起来步履轻松的人，都是在跌倒了无数次之后，伤痕累累，却还能挣扎着爬起来，迎难而上。

我遇到过很多女生，在下班时碰到暴雨天气，路上出租车很少，宁愿自己站在风雨里等车，也不愿意打电话让男朋友来接她；在外地不小心迷了路，自己吓得六神无主，差点哭出来，也强忍着不打电话给男朋友寻求安慰；从来十指不沾阳春水的人，现在自己也能扛着桶装水爬楼梯。

我想，如果可能，每个女生都不愿意活得这么坚强独立，刀枪不入——因为所有人前的独立和坚强，背后都是泪水和伤疤堆砌的城堡。

人这一生都在做一个游戏：找自己的主场

时常看到网友在抱怨：工作不顺心，家庭不顺心，学业不顺心，老板吩咐的事做不好，老婆交代的事做不到。但是为了生活，又有什么办法呢？不喜欢做的事要逼着自己做，不会做的事要学着做，这年头工作太难找，老婆更难找。

我有个从小玩到大的朋友小K，她小时候就喜欢唱歌、跳舞、画画这种充满艺术气息的活动，只是我每次都欣赏不来——在我看来，她唱的歌就比普通人好听了那么一点，绝对不多。舞倒是跳得还行，听说还得过学校舞蹈大赛的第3名。

至于她给我画的生日礼物，我拿给我妈看的时候，她开心地夸了一句："这个画得好，像楼下的张大爷。"

虽然那时候小K的技术还不娴熟，但是比起我这种完全没有艺术细胞的人来说，已经是很好了。

高考填报志愿的时候，小K选择了外省的一所艺术学校，分数勉强刚够，但是选不了自己中意的专业，只是和艺术沾了点边，也算得偿所愿吧。

开学之后，我们还保持着联系。唱歌、跳舞这些爱好她已经荒废好久了，只有画画一直坚持，或许因为这会对她的专业有点帮助，毕竟那时她就立志要做一名设计师。

只是她的成绩一直不好也不坏，但她从来没有放弃过，相信只要自己努力，将来一定会成功。

毕业后，她不想按照父母的安排回老家工作，选择留在外地，每天投十几份简历，有时候甚至一整天都奔波于各个公司面试。因为上学时成绩并不突出，而她又想实现自己所谓的梦想，不肯轻易妥协。后来经过多番磨难，终于进了一家相对满意的广告公司，做起了平面设计。

我听了很为她高兴，觉得她总算苦尽甘来。

在接到小K打来的电话说要辞职的时候，我很是诧异。

"我觉得我根本不适合这个行业，每天都加班到很晚，别人一天能做完的工作，我要每天加班到半夜才可以完成，客户还不满意，我真的感觉很累。

"前几天接了个大单子，客户是我们老板的朋友，肯定要全力以赴拿出最好的作品。我连续加班了一周,都没有拿出让主管满意的方案,我觉得自己真的太失败了,什么都做不好,我现在都快被打击的得抑郁症了。"

我能感受到电话那边小K的无助和疲惫,成为设计师一直是她的梦想,她选择放弃的时候肯定经过了一番痛苦纠结,直到现在心里或许还有一丝顾虑,怎么能因为一些小困难就放弃?给我打这通电话的时候,恐怕也是想得到我的支持。

坚持一件不可能完成的事,很难;放弃一件一直梦想的事,更难。

大学毕业刚刚参加工作的时候,我遇到一个和我一起等待面试的女生,她是来应聘会计职位的,因为只有我们两个人,所以我们在等待过程中闲聊了起来。

她告诉我,她毕业已经一年了,之前在一家私企做行政助理。她是会计专业出身,毕业之后想找一份会计类的工作,但当时那个公司的会计职位她没有应聘上。

一年后,她发现自己不是很喜欢行政助理这种单调的工作环境,并且做得不是很好,所以毅然地辞职了,然后看到现在这家公司正在招聘会计,她就想来试试看。

我问她,如果这份工作她还是不喜欢或者做不好怎么办?记得她当时回答我说:"那就再换啊,三百六十行,总有一行适合自己的。"

我不禁在心中为她竖起大拇指,身边肯定很多人不赞同甚至反对她这种行为,但是她并没有因此而放弃她想寻找的生活。

后来，我们俩都很幸运地被录取了，只不过不在一个部门，平时来往的少，只有在公司遇到的时候才打个招呼，所以我对于她是否适合或者喜欢会计这个职业并不了解。

半年后，有一天我收到她给我发的微信，说她准备辞职了。

我好像早就有心理准备一样，一点儿也不意外，甚至没有问她辞职的原因，只觉得她这种行为实在潇洒，并祝福她能够尽快找到一份自己真正喜欢的工作。

我再见到她的时候，她已经成为一家外企的销售总监，并且准备在那个城市定居。她说很喜欢现在的工作，每天和不同的人打交道让她充满了挑战，每天都精神满满。

看得出，她很享受现在的状态。

记得上大学的时候，有一门课程是关于未来职业规划的，上课的时候都要做很多心理测试和职业规划，选择最"适合"自己的。然而没有真正体验过，任何人都不能凭借一份调查报告来确定自己未来的就业方向。

毕业前还记得老师曾跟我们说：毕业后的第一份工作对你今后的人生有很大的影响，甚至会决定一个人一生的发展方向。可是对于当时的我们来说，根本就不知道自己适合做什么样的工作，又能做什么样的工作。

刚刚离开学校的我们，面对社会这个大染缸，茫然无措，大多数人要么盲目地选择一个看起来很热门的职业，要么抛开一切现实问题去追寻自己的梦想。

也许你能凭借自己的能力或者运气成为行业精英，但是你也可能发现自己根本胜任不了这项工作，在别人看来体面光彩的工作非但没有带给你丰厚的回报，还给了你莫大的压力和痛苦，让你寸步难行。

你选择的不是真正适合你的，这并不可怕，可怕的是不愿意轻易去改变，甚至懦弱地想着，谁能保证下一个就一定更好呢？哪怕现在的一切，已经让你感觉到压抑和窒息。

其实，人这一生就是在不断地寻找，不断地尝试，才能最终找到自己的主场。你要相信，下一步的路充满鸟语花香。

惊鸿一瞥终化作瞎了狗眼

我再见到她时，她背着包，留起了长发，险些让我认不出来。

她眼睛红红地看着我什么也没说，我也识趣地什么也没问，默默地帮她拿过包，挽着她一起走——多想时光能回到高中时代，我们只是手挽手，准备去小卖部扫荡。

我们去了高中学校旁边的小吃摊，点了当年最爱吃的米线。店里的老板和老板娘还是一样的热情，却认不出我们了——记得以前来的时候，什么都不说，老板娘就知道我们要点什么。

我们选了以前常坐的位置，靠墙角。以前总是躲在角落，吃着辣辣的米线，说一些周围的小八卦；如今两人都无言，竟显得周围是那么安静，有些压抑。

路过以前经常去的奶茶店，如今换成了理发店。仔细看看周围，才发现已经不是记忆中的样子，好像这个时候才有点物是人非的感慨。

"叹什么气？"触景生情，我情不自禁地叹了口气。怕勾起她的伤心事，我刚想解释，她说："姐大老远的跑来可不是听你叹气的，这么久没见了，为了庆祝，必须好好地血拼一次，走！"

我看她心情似乎好了一点，赶紧趁热打铁，热情地拉着她，生怕她反悔一样。

吃吃逛逛了一天，腿都要走断了，跌跌撞撞地开门，手里杂七杂八的袋子一扔，立刻瘫倒在沙发上。互相看了一眼对方毫无形象的样子，默契地哈哈大笑起来。我听着她的笑声，感觉记忆中那个神采飞扬的她终于回来了。

"我想来点啤酒。"突然听到这话，我笑得上气不接下气，一时还有点儿反应不过来。

"家里没有啤酒，我下去买，很快回来。"

我回来的时候，她正盘坐在沙发上看电视。我扫了一眼，正在放《栀子花开》，影片正播到男主角坐在公交车上，看到女主角追着公交车跑的场景。

"我们第一次见面的时候,他穿着白衬衫,打着伞,还很搞笑地说什么,同学,你的伞掉了。"

听到她的话,我能想到那种场景,一个高高瘦瘦,穿着白衬衫的男生,站着雨幕中,嘴角带笑,跟你说:"同学,你的伞掉了。"

你根本没有带伞,但是那又怎么样,你觉得当时的氛围是那么浪漫,站在雨中的男生简直自带光环,他这么温柔而又深情地看着你,你的小心脏瞬间就被击中,方圆百里你都看不到其他人的存在。

你甚至看到爱情的根芽在雨水下蹭蹭蹭地生长着,那时候你终于开始相信,现实中真的有一见钟情的美好。

她继续说:"从那以后,就好像经常能碰到,后来我们就自然而然地在一起了。刚开始的时候真的很幸福,他很有趣,常常变着花样给我惊喜;他长得很帅,喜欢他的女生也很多,但他只对我好。我当时甚至怀疑上辈子是不是救过他,所以他来报恩来了。

"在一起久了之后,我才发现原来他根本不像我想象中的那么好——成绩不好就算了,还逃课、挂科。每次劝他不要这样堕落,他总是反驳说,大学的课程学了没用。我知道他家是有点小钱,但是他这样不思进取的态度真的让我受不了。

"他经常跑出去打游戏,彻夜不归,打电话也找不到人。好不容易接了电话,一问在哪,竟然在宿舍补觉。那段时间我又一直忙着写毕业论文,简直是身心俱疲。"

恋爱中的女人说起男朋友的好会让人酸掉牙，但是发泄对男朋友的不满时，更有威力。

"毕业在一起之后，他连衣服都没洗过一次，也没做过一次饭，还特别喜欢穿白衬衫，我每次洗的时候都恨不得给他撕了。有时候加班累得想死，一回家，他就坐在那打游戏，我还得给他做饭，我实在是受不了了。"

曾经第一次见面吸引她的白衬衫，如今成了他们感情破裂的催化剂，可见一见钟情"钟"的都是外表那些没用的东西——第一次见面，连对方的性格、爱好、人品都不曾了解，除了那一件白衬衫，和一张看起来可能有点好看的脸令你动心之外，还有什么呢？

"如果只是这样，我还能劝自己忍，可是，他竟然背着我和别的女人好上了。我一直以为他或许是有些缺点，但是起码他对我很专一，上学时追他的女生那么多，他还是只喜欢我一个人。

"我从来没有想到这种事情会发生在自己身上，我甚至都不敢相信我看到的。他这个虚伪的小人，还骗我说什么当年对我一见钟情，是前世的缘分。去他的一见钟情！如果回到当时那天，我恨不得戳瞎我的狗眼。"

放在以前，她肯定不会跟我吐槽这么多。她一直很要强，从来不轻易说自己受过的委屈，估计她也是憋得久了，加上酒精的作用，终于痛快地发泄了一番。

每个人都曾幻想过，未来和另一半相遇的场景。

可能是在巷子的拐角处，你不小心扑倒在对方的怀里，一抬头就撞进对方深邃的眼神里，他的眼睛里有笑意，还有脸红的你。

也可能是在新学期同学作自我介绍的时候，他随意地站在讲台上，明明他在看着大家，你却觉得他的目光时不时地飘向你，一不小心就记住了他的名字。

甚至有可能是在某次逛街时你不经意地扫过人群，一眼就望进他的眼神里，惊鸿一瞥，你就以为是永远。

一见钟情只是给了你们一个最初的浪漫和美好的开端，却远远不是爱情的终章。

你以为你们的相遇是上天注定，可是事实证明，你钟情的只是他的外表，你觉得心脏像被雷劈的那一下剧烈跳动是爱情，可是你能保证，你就这么幸运一直被劈吗？

人们在以为爱情来临的时候，往往只看见美丽的外表，而忽视了表象之下的丑陋；你以为外面阳光正好，万里无云，你打开窗户就能看见你的盖世英雄正踏着七彩祥云来接你——

却想不到，你窗户上的撑杆正好掉下来，打到底下那人的头巾上，他一抬头，于是，惊鸿一瞥终化作瞎了狗眼。